I0631735

कोंपलें

(गीत-गीतिका संग्रह)

- नन्दकिशोर दुबे

साहित्यपीडिया पब्लिशिंग

साहित्यपीडिया पब्लिशिंग

नोएडा (भारत) – 201301

दूरभाष - (+91) -9618066119

ईमेल - publish@sahityapedia.com

वेबसाइट - publish.sahityapedia.com

© 2019 नन्दकिशोर दुबे

सर्वाधिकार सुरक्षित

प्रथम संस्करण – 2019

ISBN - 9789389100228

This book is published in its present form after taking consent from the author & all reasonable efforts have been made to ensure that the content in this book is error-free. No part of this book may be reproduced, stored in or introduced into a retrieval system, or transmitted, in any form, or by any means (electrical, mechanical, photocopying, recording or otherwise) without the prior written permission of the author.

The author of this book is solely responsible and liable for its content including but not limited to the statements, information, views, opinions, representations, descriptions, examples and references. The Content of this book, in no way, represents the opinion or views of the Publisher or Editor. The Publisher or Editor do not endorse the content of this book or guarantee the completeness and accuracy of the content of this book and do not make any representations or warranties of any kind. The Publisher or Editor do not assume and hereby disclaim any liability to any party for any loss, damage, or disruption caused by errors or omissions in this book, whether such errors or omissions result from negligence, accident, or any other cause.

भूमिका

भावनाओं के घुमड़ते बादलों के बीच प्रस्फुटित सतरंगी इन्द्रधनुष के रंग समेटे हुए कवि-गीतकार नन्दकिशोर दुबे जी का गीत-गीतिका संग्रह 'कोंपलें' पाठक को प्रभावित कर बांधने में पूरी तरह समर्थ-सक्षम है। इनकी रचनाओं में जहां पवित्र प्रेम की शुचिता है तो वहीं उमड़ता उन्माद भी और अमिता है तो समर्पण भी।

अपने आप में भावों के सारे ही रंग समेटे हुए हैं गीत-गीतिका संग्रह--- 'कोंपलें' गीतखण्ड के प्रथम गीत का मुखड़ा अवलोकनीय है---

'शरद की मधु चाँदनी उपहार में
मीत दे दूं आज तुमको प्यार में '

गीत को पढ़कर ऐसा लगता है कि प्यार का ज्वार सा उमड़ रहा है तो... 'कल की शाम सुहानी बीती' गीत को पढ़ते हुए पाठक दो प्रेमियों के मिलन के गहन आनन्द में डूब सा जाता है और आगे... 'ज़िन्दगी के घर उदासी ठहरी है' गीत पढ़ते हुए पाठक का मन अवसाद के भूरे खुरदुरे रंग की अनुभूतियां करते हुए उदासी के सागर में गोते खाने लगता है।

'अलकों की झुरमुट से झलके
मीत तुम्हारे खोये-खोय...
बावरे नयन ! '

इस गीत को पढ़ते हुए सहज ही ' अमिय हलाहल मद भरे, श्वेत श्याम रतनार ' रचना स्मृति में कौंध जाती है। इसी तरह

'एक बार और, बस एक बार और
प्यार भरे अधरों से चूम लो हिलोर'

प्रकृति से प्रेम की गहरी अनुभूति करवाता है तो प्रेम में समर्पण की पराकाष्ठा व्यक्त करता हुवा गीत... 'प्राण प्रणय परिणाम सहेजे आई तेरे द्वार...' चमत्कृत कर देने वाला करुण गीत है ।

' याद रहे, कब किस पथ से संग चले ' और ' हरी दूब बिछने दो ' गीत मन में वियोग की टीस उठाते है तो ' कंटक ही कंटक है ' जीवन के कठोरतम मार्ग को इंगित करता करवाता गीत है ।

' साँझ सावित्री...एकदम अनुपम रूपक है जो दिवस के बिना संध्या की वियोगिनी रूप में कल्पना कवि की कल्पना शक्ति विषयक मन को चमत्कृत करती है ।

'रात नदी में बहता चाँद बहते तारे, आसमान ! अद्भुत प्रयोगात्मक गीत है जिसमें प्रकृति के अनोखे खेलों को रेखांकित करता हुवा गीत है तो ' मीत बिछड़े मिल गये ' तथा बाँह में भरकर ' कोमल प्रेमिल गीति रचनाएं हैं ।

इस तथ्य में कोई संदेह नही कि- प्रेम ही जीवन की सर्वोत्कृष्ट भावना है । प्रेम चाहे ईश्वर के प्रति हो, चाहे मनुष्य के प्रति, यदि वह निस्वार्थ है तो नि:संदेह पूज़नीय है ।

'मोहब्बत की नज़्म' मन की उदासी और अव्यक्त प्रेम की मधुरिम अभिव्यक्ति है तो 'पलछिन कटते दिन, पलछिन कटती ये राते ' गीत जीवन के खट्टे-मीठे अनुभवों की कहानी कहता है ।

'आजीवन पंथ निहारूँगी ' गीत प्रेम और समर्पण की पराकाष्ठा है तो अगली ही गीतिरचना ' अब तो राम पकड़े बांह ' में कवि सांसारिकता से निकल कर भक्ति रस में डूबता हुवा लगता दिखाई देता है ।

'श्यामल काली, लटें घुंघराली' में नायिका के सौन्दर्य का अदभुत वर्णन करते हुए विरह की टेर को अभिव्यक्ति दी है तो 'प्यार क्या है बताना

कठिन है ' तथा ' ज़िन्दगी है तो दिल, दिल है तो प्यार है ' जैसी ख़ूबसूरत नज़्में/गीतिरचनाएँ पुस्तक 'कोंपलें' के सौन्दर्य को बढ़ा रही है ।

'इस पार रहें, उस पार चलें' गीत में मिलन की बेताबी का उम्दा चित्रण है तो ' याद तुम्हारी फिर फिर आई, ' गहन उदासी में डूबा हुवा गीत है तो 'मन का आंगन सूना-सूना ' तथा ' सारा दिन, सारी शाम, फिर सारी रात' तथा ' मैं तुम्हारे चक्कर में पड़ गयी'.....जैसे गीत नायिका की प्रेमिल भावनाओं की सुन्दर अभिव्यक्ति है ।

'धरती पर पूजा जाएगा, कहलायेगा राम' इस रचना के साथ ही फिर कवि के भाव बदलते हैं और आगे के गीत-कविताएं भक्ति और वैराग्य की और मुड़ती है । 'माया की भट्टी में जलता ' व 'प्रभु के निकट पहुंचना है तो' एवं 'तृष्णाओं का दलदल जीवन' तथा 'दया करो दुखहर्ता भगवन' गीत ईश्वर के प्रति आस्था और विश्वास जगाती हुई रचनाएं हैं । उपरान्त बाल-गीत के साथ पुस्तक के प्रथम खण्ड का समापन हुवा ।

द्वितीय-खण्ड में गीतिकाएँ संकलित हैं, जिसका प्रारम्भ ही राष्ट्रभक्ति से ओतप्रोत स्वाभिमान जगाती हुई रचना से हुवा है । उपरान्त 'शवों के घेरे में' मन में गहरा विषाद घोलती हुई रचना तो 'ओ चाँदनी' तथा 'रात गहरी' जैसी प्रकृति केन्द्रित रचनाएं भी बहुत सुन्दर है ।

'रूप की सम्पदा' और 'याद आती है' जैसी गीतिकाएँ प्रेम और सौन्दर्य के भावों से पूरित है तो 'यह नही है, क्या प्रिये बोलो वरण' सांसारिक बन्धनों से मुक्त प्रेम का समर्थन करती हुई गीतिका है, जिसका आख़िरी युग्म बहुत ही सुन्दर प्रतीकात्मक है ।

'इश्क़ में फायदा देखता है ' आज के सच को उजागर करती हुई गीतिका है तो 'भरोसा क्या ?' संसार की विश्वसनीयता पर प्रश्न चिन्ह लगाती

हुई गीतिका । 'चमन में खिला फूल' और 'उजड़ता हुआ' एक ही समान्त और पदान्त की भाव बदलती हुई रचनाएं भी संग्रह में है ।

'हैरत से देखते हो' 'ख़ुशी से सभी मुस्कुराने लगे' और 'रात छोटी आजकल है दिन बड़े' आदि सरस् सरस् रचनाएं हैं ।

कोंपलें में संग्रहित विविध रंगी रचनाओं को पढ़ कर निसन्देह यह कहा जा सकता है कि जीवन के विविध रंगो को उकेरने में कवि गीतकार पूरी तरह सक्षम रहा है ।

कोंपलें काव्य-संग्रह निश्चित ही पाठक के मन को बांधने वाली, स्मरण रहने वाली एक संग्रहणीय पुस्तक है ।

श्रीमती सरोजसिंह परिहार "सूरज"
नागौद जिला सतना(म.प्र.)

अपनी बात.......!

जीवन, जगत और जगदीश्वर, सदा से मेरे चिंतन की विषयवस्तु रहे हैं । लयात्मकता लिए हुए हमारी साँसे, हर श्वास के साथ जगत में धड़कता यह जीवन, और जीवन के अनुभवों के साथ मनुष्य का जगदीश्वर के प्रति चिंतन मनन और समर्पण ! बस ।

अन्तर्मन में धड़कती हुई धड़कनों के तारतम्य में अहसासों से उभरते संवेग, जो अपनी ही लय के साथ शब्दों में अभिव्यक्त हुवे वो इस संग्रह की रचनाओं में समाहित है, द्दष्टव्य भी । इसलिए "कोंपलें "में संग्रहीत सभी रचनाएं मनुष्य मन में धड़कते संवेगों के लयात्मक ललित अभिलेख हैं । ये रचनाएं सहज गेय-गुण से युक्त है । यह कथन इसलिये भी अनुभूत सत्य है, कि संग्रहीत गीत-गीतिकाएँ मैने लिखी नही अपितु मेरे अन्तर्मन से ये गीति रचनाएं अपनी-स्वयं की लय सहित स्वयमेव अवतरित हुई है ।

कवि का अन्तर्मन वृक्ष होता है, ऐसा वृक्ष जो समय-समय पर पल्लवित, पुष्पित और फलित होता रहता है । इस वृक्ष की शाखाओं पर स्वयमेव प्रस्फुटित अवतरित हुई ये गीतिरचनाएँ वृक्ष की कोंपलें हैं, इसलिये इस संग्रह का नामकरण "कोंपलें" किया गया है । भविष्य में इन कोंपलों पर पल्लव, पुष्प, फल उतपन्न हों और मुस्कुराए, लहलहाए, यह कामना ।

जिस स्वरूप में ये रचनाएं अवतरित हुई, उसी स्वरूप में "कोंपलें" शीर्षक से 'यथा अवतरित तथा प्रस्तुत' की भावना और विचार से प्रेरित हो गीत-गीतिका / हिन्दी ग़ज़ल संग्रह आपके समक्ष पुस्तकाकार रूप में प्रस्तुत है ।

मेरी मान्यता है कि रचनाएँ लिखी नही जाती, बल्कि अपने मूलस्वरूप में रचनाकार के अन्तर्मन से अनायास अवतरित होती है । इन

गीतों और सात गीतिकाओं के अवतरण काल में मुझे मात्राभार का कतई ज्ञान नही था । यह ज्ञान मुझे पुस्तकों के अध्ययन से और साथ ही आदरणीय श्रीमती सरोजसिंह परिहार "सूरज" के मार्गदर्शन से अभी-अभी प्राप्त हुवा है ।

उपरान्त अन्य गीतिकाओं की रचनाएं हुई, किन्तु फिर भी मेरी यह धारणा और मान्यता सुदृढ़ है कि गीतिकाएँ भी अवतरित ही हुई है, मेरे द्वारा लिखी या कही नही गई है । क्योंकि सात गीतिकाएँ मात्रा- भार के ज्ञान के पूर्व ही अवतरित हो चुकी थी, जो " कोंपलें " पुस्तक में यथावत संग्रहीत है ।

संग्रहीत रचना ' राम-कथा में वीर जटायु ' मेडिसन स्क्वेयर गार्डन हाल न्यूयार्क में ग़जल-सम्राट श्री अनूप जलोटा के स्वर में ध्वनिमुद्रित कर म्युझिक़ इंडिया लिमिटेड द्वारा 'भजन-यात्रा ' एलबम में संकलित कर प्रसारित-प्रचारित की गई थी, जो विश्वप्रसिद्ध हुई । संग्रह में सम्मिलित यह रचना तैतीस वर्ष से अधिक की समयावधि व्यतीत हो जाने पर भी आज तक सुनी-सराही जा रही है । यह रचना मेरे अन्तर्मन से अवतरित हुई, इसका मुझे अक्षुण्ण हर्ष-विशेष है । उपरान्त एक और रचना ' आजीवन पंथ निहारूँगी ' भी ध्वनिमुद्रित की गई जो प्रसिद्ध हुई । कृपाकर इन रचनाओं को भी एकाग्रता व गम्भीरता से पढ़ें, विनम्र अनुरोध है ।

गीत-खण्ड अन्तर्गत बाल-गीत के पहले लगभग आठ-दस प्रेम गीत कैशोर्य वय के प्रारम्भिक समय के गीत हैं, किन्तु उन्हें बिना परहेज़ गीत-खण्ड के अंत में यथावत रखा गया है । उन्हें कृपादृष्टि से ग्रहण करें, विनम्र निवेदन है ।

आदरणीय सरोज जी का मैं हृदय से आभारी हूँ कि अभी -अभी कुछ माह से मात्राभार की समझ हेतु सहृदय सूक्ष्म मार्गदर्शन तो किया ही साथ ही

मनोयोग से संग्रह की प्रत्येक रचना का परिशीलन कर भूमिका लिखने का महत कार्य भी उनके द्वारा उदारतापूर्वक सम्पन्न किया गया है ।

पृथ्वी पर निःस्वार्थभाव से अन्य व्यक्तियों के काम आना, मार्गदर्शन करना आदि कार्य, बिरले व्यक्तियों द्वारा ही किये जाते हैं । श्रीमती सरोज जी पृथ्वी पर ऐसी बिरली पावन विभूतियों में से एक है । उनका हृदय से आभार !

जस्टिस श्रीयुत उमेशचंद्र माहेश्वरी, उप-लोकायुक्त मध्य-प्रदेश शासन का भी आभार कि उनके द्वारा समय-समय रचनाशील रहने के मार्ग में आने वाली बाधाओं का सामना करने हेतु सम्बल प्रदान किया जाता रहा ।

साहित्य रचना हेतु तरह-तरह से प्रेरित करने वाले व्यक्तियों में श्री नरेश माहेश्वरी एडवोकेट का भी में हृदय से आभारी हूँ । श्री सन्दीपकुमार का भी मैं हृदय से आभारी हूँ कि संग्रह प्रकाशन में स्वप्रेरणा से महती सहयोग किया ।

अंत में साहित्यपीडिया प्रकाशन व श्री अभिनीत मित्तल का इस संग्रह के सुन्दर सुव्यवस्थित प्रकाशन हेतु हृदय से आभार ।

- नन्दकिशोर दुबे
C-126, बखतावरराम नगर,
इन्दौर-452 018
दूरभाष: 9340890981,
9425032675
ईमेल- nkdjatayu12@gmail.com

शुभकामनाये

साहित्यकार श्री नन्दकिशोर दुबे हिन्दी साहित्य में एक जाना माना नाम है। कविवर के गीत-गीतिका संग्रह 'कोंपलें ' के प्रकाशन की जानकारी प्राप्त हुई। इतनी प्रसन्नता हुई मानो प्यासी धरा को अमृतवर्षा से सुखानुभूति होती है वहीं मन में गहन सन्तोष की शीतलता व्याप गई।

समय-समय पर कविवर से सुनी हुई ये गीति-रचनाएं अनवरत की गयी गूढ़ साधना के मनोहारी कुंज में खिले पुष्प गुच्छ हैं। जिनकी सुगन्ध से साहित्य प्रेमी जनमानस चिरन्तनकाल तक सदैव तृप्ति व आनन्द अनुभव करता रहेगा। प्रेम व सौन्दर्य के रसपगे गीत मानव मन को पुलकित, रोमांचित करते रहेंगे। विभिन्न रस, अलंकारों, उपमाओं और रूपकों से सजी गीत-गीतिकाएँ, उनकी लयात्मकता व प्रवाह दिक दिगन्त तक पाठकों के अन्तर्मन में नवचेतना का संचार करते रहेंगे।

कवि की नैसर्गिक उर्वरक रचना शैली व अद्भुत विषयवस्तु चयन इस रचनाकार को अन्य रचनाकारों की तुलना में अनुपम ठहराये जाने के पक्ष में सुदृढ आधार स्थापित करते हैं। 'कोंपलें' संग्रह की रचनाये कवि के काव्य रचना के अनोखे कौशल को प्रमाणित करती हैं।

अंतरराष्ट्रीय स्तर पर कवि की उपलब्धियां चाहे अनूप जलोटा द्वारा स्वरबध्द ' रामकथा में वीर जटायु का अपना अनुपम स्थान 'हो या संगीतबद्ध और म्युझिक़ इंडिया में रेकॉर्ड ' आजीवन पंथ निहारूँगी' हो, 'कोंपलें' संग्रह की प्रत्येक रचना व भविष्य में सृजित रचनाएं पुनः साहित्य प्रेमियों को श्रवण-पठन को उपलब्ध हों, इन्हीं शुभकामनाओं के साथ कवि के प्रति हार्दिक बधाई ज्ञापित करता हूँ।

आपका अपना,

नरेशकुमार माहेश्वरी,
एडवोकेट
महू जिला इन्दौर(म.प्र.)

अनुक्रमणिका

गीत-खण्ड

समर्पण 15

गीत 16

शरद की मधु चाँदनी 17

कुंवारे नयन 18

कल की शाम सुहानी बीती................................... 19

उदासी 20

बावरे नयन 21

एक बार और बस एक बार और 22

प्राण ! प्रणय-परिणाम सहेजे.................................. 23

याद रहे.. 24

हरी दूब बिछने दो विस्तार में 25

दो नैना तुम्हारे... 26

कुम्हलाईये मत 27

कोमल कोमल हो.... 28

बाज़ार में बारिश ने,.. 29

रात नदी में बहता चाँद....................................... 30

पलछिन कटते दिन 31

कंटक ही कंटक है, जीवन के पथ में 32

समय बहुत ही पैना है.. 33

यूं तो लोगो ने फूलों के 34

राम कथा में वीर जटायु 35

साँझ सावित्री.. 37

दिनभर सावन बरसा जमकर 38

तुम आई मेरे जीवन में....................................... 39

आओ हम-तुम शीतल हो लें 40

मीत बिछुड़े, मिल गये 41

बांह में भर कर 42

सुरीले दिन वसंत के 43

बांह में ले बांह 44

बिन तुम्हारे 45

गीत गाये जा, विकल मन ! गीत गाये जा 46

तुम सजनी 47

उनके घर बजती हुई शहनाईयाँ 48

मोहब्बत की ऩज्म 49

अब तो राम पकड़ ले बांह 51

आजीवन पंथ निहारूंगी 53

इश़्क होता है क्या ये बताना ! 54

श्यामल काली लटे घुंघराली 55

चली आ मन नहीं लगता 56

प्यार क्या है ? 57

जिन्दगी है तो.. 58

भावना के ज्वार उमड़े थे 59

फिर तुम्हारी याद ने अंगड़ाई ली 60

किस पार मिलन सम्भव है ? 61

यह रात घिरी, एक दीप जला..62

बाल-गीत 63

याद तुम्हारी फिर-फिर आई 64

मन का आँगन सूना-सूना 65

सारा दिन, सारी शाम, फिर सारी रात, फिर सारी रात.......... 66

मैं तुम्हारे चक्कर में पड़ गई 67

प्रिय तुम आओ ना । 68

मन की वीणा । 69

उर्ध्व जाने दो मुझे........ । 70

धरती पर पूजा जायेगा, कहलायेगा राम 71

माया की भट्टी मे जलता. 72

प्रभु के निकट पहुँचना है तो.. 73

तृष्णाओ का दलदल जीवन.. 74

दया करो दुःखहर्ता भगवन.... । 75

दर्शन दो अब तो करुणाकर । 76

निगोड़े मेघ 77

गीतिका-खण्ड

युद्ध होगा जब कभी 78

हमेशा देश पर तन-मन समर्पित । 79

रूप की सम्पदा अमित प्यारे 80

इक कली मनचली हो गयी बावरी 81

शवों के घेरे में.. 82

ओ चाँदनी.. 83

आपके अस्तबल में खड़ा है 84

गीतिका 85

घर 86

आंसू... 87

बात बिगड़ी तो बना ली जायेगी.................................... 88

ज़िन्दगी में दर्द आना चाहिये... 89

हुस्न पर लोकलाज भारी है... 90

यह नहीं है क्या प्रिये बोलो वरण ? 91

कुछ जाना कुछ अनजाना-सा लगता है 92

हमारी जन्म भूमि 93

ताप से दिन रहा तपित यारा 94

इश्क़ में फायदा देखता है 95

सम्भावना के द्वार पर.................................. 96

दिल खिला है 97

भरोसा क्या ? 98

उजड़ता हुवा यह शहर............................... 100

चमन में खिला फूल 101

इश्क़ हो तो क्यूँ छिपाना चाहिये........................102

प्यार हो तो ज़रा जता खुल के.........................103

मिलेगा कहीं हमसफर देखते हैं । 104

ख़ुशी से सभी मुस्कुराने लगे.......................... 105

रात छोटी आजकल......! 106

बोल जो बोलना त्वरित यारा 107

गीतिका 108

शहीदों की शहादत 109

जियो जीवन सदा 110

ग्रीष्म ऋतु को शीघ्र जाना चाहिये..................... 111

कितना शीरी ज़ुबान है साहब..........................112

अपने को चाहे मानो कंचन मृग-छौने 113

वक़्त पर पाबन्द आना चाहिये......................... 114

बात बिगड़ी हो बनाना चाहिये.........................115

समर्पण

विद्या बुद्धि शुचिता और ज्ञान
गुरुदेव कृपा कर दीजे दान ।
श्रद्धा भक्ति और धीरज ध्यान
गुरुदेव कृपा कर दीजे दान ।

श्रद्धेय गुरुदेव ब्रम्हलीन श्री हरिहर लहरी के
श्री चरणों में ये रचना-पुष्प सश्रद्धा समर्पित ।

स्मृति-पटल पर वे दिन वे क्षण उभर आये जब गुरुदेव ने
गहन लाड से साहित्य के मर्म का साक्षात्कार करवाया ।

- नन्दकिशोर दुबे

गीत

गीत
जीवन की
परिभाषा हो ।

भावना में
सुनहली आशा हो ।

हर पंक्ति
रवि-रश्मि
बन जाये-
जब
प्रीत में
शुचिता की
अभिलाषा हो ।

- नन्दकिशोर दुबे

शरद की मधु चाँदनी

शरद की मधु चाँदनी उपहार में !
मीत, दे दूं आज तुमको प्यार में !

अब रहा जाता नहीं, आ जा सनम
मस्तियों में झूमकर नाचेंगे हम

मद थिरकता भावना के ज्वार में !
मीत, दे दूं आज तुमको प्यार में !

ले रही ऋतु झूमकर अंगड़ाईयां
टीसती फिर आह ये तन्हाईया

हर कली खोई मधुप गुंजार में !
मीत, दे दूं आज तुमको प्यार में !

टेरता मन बीत ना जाये समय
आ भी जा मन, मन से मन का हो प्रणय

अमिय वर्षा हो रही संसार में !
मीत, दे दूं आज तुमको प्यार में !

रात के बुझते हुए लगते दिए
चाँदनी लेने चली आओ प्रिये

भीगती वसुधा, सुधा-रस-धार में !
मीत, दे दूं आज तुमको प्यार में !

शरद की मधु चाँदनी उपहार में !

कुंवारे नयन

अलको की ओट में झिलमिल सितारे ये !
पलकों के आंगन में नयना कुंवारे ये !

आनन-आनन निरखे
पग-पग पर फिर-फिर के
जिज्ञासु, भावुक,
चिर चंचल, थिरके-थिरके

कोतूहलमय लगते, सुन्दर बंजारे ये !
पलकों के आंगन में नयना कुंवारे ये !

कुछ खोये, कुछ पाये
गर्वीले, इतराये
मन-मधुबन भावों के
गुलमोहर मुस्काये

स्वप्नों में कल्पित कन्हैया निहारे ये !
पलकों के आंगन में नयना कुंवारे ये !

नयनों से नैन मिले
कुछ हंस के, खिल-खिल के
नयनों से नैनों तक
चितवन चिलके-चिलके

गंगा की लहरे ये, यमुना के धारे ये !
पलकों के आंगन में नयना कुंवारे ये !

कल की शाम सुहानी बीती

जीवन के सूनेपन में बस
कल की शाम सुहानी बीती....
संग - संग घूमे स्नेह सने से
हम दोनों मनमीत बने से
अनजानों के बीच सहज ही
पहचानी-पहचानी बीती......
उभरे मन में भाव सुरीले
दृश्य अनोखे, रंग रंगीले
लालिम चुनर ओढ़ सजीली
सुन्दर शाम दीवानी बीती....
आँखों ने आँखों से मिलकर
स्नेहिल बातें की खिलखिल कर
मनचाही, मनमोहक, मनहर
मस्तानी-मस्तानी बीती...
एक-दूजे से मिलने के पल
दोनों के मन चंचल-चंचल
लिपटे तो लिपटे लिपटे ही
रस-रस रजनी रानी बीती...
नेह के अनुभव नैसर्गिक थे
इक-इक पल स्वर्गिक-स्वर्गिक थे
इन्द्रधनुष के रंग नहाई
रूहानी-रूहानी बीती....
कल की शाम सुहानी बीती....

उदासी

जिन्दगी के घर उदासी ठहरी है !
क्या कहूँ सुनती नहीं ये बहरी है !

ये अकेलापन, खिंचा है सन्नाटा
वक्त का पल-पल गुजरता सुस्ताता

शाम, शब सूनी, सूनी दुपहरी है !
जिन्दगी के घर उदासी ठहरी है !

मय नहीं, प्याला नहीं, साकी नहीं
चाह अब मन में कोई बाकी नहीं

जिन्दगी जैसे कोई सोई गिलहरी है !
जिन्दगी के घर उदासी ठहरी है !

रंग मटमैले घुमड़ते आंखो में
गूंजती ध्वनि 'सन्न' कानों के सुराखों में

धुंध के माहौल की अनुभूति गहरी है !
जिन्दगी के घर उदासी ठहरी है !

ये उदासी रूह में रच-बस गई ऐसी
बेवफा निकली ख़ुशी पर ये नहीं वैसी

साथ न छोड़ेगी ये छाई घनेरी है !
जिन्दगी के घर उदासी ठहरी है ! !

बावरे नयन

अलको की झुरमुट से झलके
मीत, तुम्हारे खोये-खोये बावरे नयन !

कुछ गुलाब, कुछ नीलकमल से
कुछ श्यामल, कुछ धवल-धवल से
कुछ महके, कुछ बहके-बहके
कुछ बंकिम, कुछ सहज-सरल से

रह-रह कर जब झपके पलके
विरह - मिलन के भाव संजाये बावरे नयन !

कुछ कोमल, कुछ तरल-तरल-से
कुछ चंचल, कुछ विकल-विकल-से
लय-तालों पर नर्तनी करती
नर्तकी के पग की पायल-से

कुछ गहरे, कुछ हलके-हलके
कुछ हँसते, कुछ रोये-रोये बावरे नयन !

कुछ मधुरिम, स्वप्निल-स्वप्निल-से
पुलकित, मुस्काते, खिल-खिल-से
कुछ मतवारे, कुछ रतनारे
चेतनता प्रतिमा झिलमिल-से

पल-पल मन की शुचिता छलके
गंगाजल से धोये-धोये बावरे नयन !

अलको की झुरमुट से झलके
मीत, तुम्हारे खोये-खोये बावरे नयन !

एक बार और बस एक बार और

एक बार और बस एक बार और
प्यार भरे अधरों से चूम लो हिलोर !

कितने युग बीत गए प्यार की सुवास लिये
जन्मों से बैठा हूँ आत्मा में प्यास लिये

तार-तार टूट रही धीरज की डोर !
एक बार और बस एक बार और !

जीवन के बीहड़ में आशा की बंजारन
भटके कितनी रातें भटके कितने दिन

काया से छूट रहा धड़कन का पोर !
एक बार और बस एक बार और !

चातक-सा चिरप्यासा अनुरागी मन
कुम्हलाया काया का कानन कण-कण

आँखों में आसूं के छाये घन घोर !
एक बार और, बस एक बार और

प्राण ! प्रणय-परिणाम सहेजे...

प्राण ! प्रणय-परिणाम सहेजे, आई तेरे द्वार !

घर-आंगन महकेगा, इसकी महिमा अपरम्पार !

प्रीत-वचन-विश्वास न टूटे

इक दूजे से हम न छुटे

तुम रूठे तो रूठेगा प्रिय ! यह सारा संसार !

घर-आंगन महकेगा, इसकी महिमा अपरम्पार !

सूरज, रजनी की अलको से

तिमिर बुहारे निज पलकों से

प्रात: उषाकिरणों में झिलमिल मधु मुस्काये प्यार !

घर-आंगन महकेगा, इसकी महिमा अपरम्पार !

माटी जल आपस में मिलने

बीज पड़े तो अंकुर खिलते

अंकुर पौधा वृक्ष बने यह ममता की मनुहार !

घर-आंगन महकेगा, इसकी महिमा अपरम्पार !

नन्हा फूल लता पर लहके

प्रभु मस्तक पर सोहे महके

अर्पण करने आई इसको कर लो तुम स्वीकार !

घर-आंगन महकेगा, इसकी महिमा अपरम्पार !

ममता, स्नेह, हुलास हिलारे

उमड़े, अमृत-पेय सकोरे

जीवन-दीप सृजन कर मत दे मृत्यु का उपहार !

घर-आंगन महकेगा, इसकी महिमा अपरम्पार !

याद रहे...

याद रहे....
कब किस पथ से संग चले
अब बिछुड़ रहे किस पथ से मीत,
तुम्हें याद रहे, याद रहे, याद रहे !

भटक रहे थे हम अनजानी राहो में
झूले-सी भ्रम की लहरीली बाँहों में
इसी मोड़ पर हमने सच को सच जाना
जीवन के असली पथ को अब पहचाना

कितने स्वर चंचल मचले
गाया रागी मन का संगीत
तुम्हें याद रहे, याद रहे, याद रहे !

झिलमिल सपनों में खोये, धोखे खाये
किंचित सुख के लिये विलंबित दुःख पाये
गहराई में उतरे पर सुधबुध खोकर
अपना ही अस्तित्व गंवाया गुम होकर

चाह तले, चिर पीर पले
भोगा वह गया नयन से रीत
तुम्हें याद रहे, याद रहे, याद रहे !

याद रहे....
कब किस पथ से संग चले
अब बिछुड़ रहे किस पथ से मीत,
तुम्हे याद रहे, याद रहे, याद रहे !

हरी दूब बिछने दो विस्तार में

मनोभावनाओं के संसार में
हरी दूब बिछने दो विस्तार में !

ये विरह की तपन, ताप से शुष्क मन !
सोचता बस तुम्हें ! चाहता बस मिलन !
हर तरफ दिख रही हो मगर हो कहाँ ?
खोजता मन तुम्हें, तुम कहाँ हो सजन !

बावरा हो रहा मन, मगन प्यार में
हरी दूब बिछने दो विस्तार में !

एक संयोग से तुम मिली प्रेयसी !
छा गयी रूह तक प्यार की रोशनी !
अब जो बिछड़े तो महसूस ये हो रहा-
खो गयी चाँद से, चाँद की चाँदनी !

डूब जाये न ये चाँद अंधियार में
दूरी दूब बिछने दो विस्तार में !

प्यार में जब मिलन की घड़ी आएगी !
ज़िन्दगी झूमकर नाचेगी गाएगी !
दूर तक भीनी-भीनी महकती हुई
मन में कोमल हरी दूब बिछ जाएगी !

रूप के, रंग के, रस के सत्कार में
हरी दूब बिछने दो विस्तार में

मनोभावनाओं के संसार में
हरी दूब बिछने दो विस्तार में

दो नैना तुम्हारे...

पल भर निहारा हुआ बावरा रे !
दो नैना तुम्हारे, कुंवारे-कुंवारे ! !

बहुत खूबसूरत युवा हो गए हैं
न पूछो कि ये और क्या हो गए हैं

तक-तक चकित हो रहे चाँद तारे !
दो नैना तुम्हारे, कुंवारे-कुंवारे ! !

गगन कह रहा इन पे बस हक़ है मेरा
धरा पर हुआ कैसे इनका बसेरा ?

रवि, चन्द्र, तारे, मेरे पास सारे !
दो नैना तुम्हारे, कुंवारे-कुंवारे ! !

हवा खुश, नदी खुश, है खुश-खुश समन्दर
धरा खुश, अनोखा ये उपहार पाकर

रचयिता ने हमको दिए, ये हमारे !
दो नैना तुम्हारे, कुंवारे-कुंवारे !

कुम्हलाईये मत

कुम्हलाईये मत खिल-खिल रहिये !
खुश-खुश रहिये,हिलमिल रहिये !

बीत गया मनमोहक सपना
खो गया प्रियतम आपका अपना

कतराईये मत,शामिल रहिये !
हंसमुख रहिये, चुलबुल रहिये !

मीत सुहाना,सरस सुरीला
छल गया स्वप्न दिखा रंगीला

पछताईये मत,चंचल रहिये !
घायल रहिये, सर्पिल रहिये !

प्रीत-प्रणय का खेल अनोखा
मन-लुभावना मीठा धोखा

पगलाईये मत,कातिल रहिये !
सज-धज रहिये, झिलमिल रहिये !

ये जग झूठा, स्वप्न अनूठा
सांस थमी,सपना ये टूटा

उकताईये मत, लहरिल रहिये !
पल-पल, कल-कल, छल-छल रहिये ! !

कोमल कोमल हो....

कोमल कोमल हो, मस्ती छलकती है तुमसे
तुमसा न देखा अभी तक कसम से-

सबसे जुदा हो,खनकदार हो ।
कल्पना से परे, सोच के पार हो ।

रौशन-रौशन हो, रोशनी झलकती है तुमसे
परी हो, धरा पर उतर आई छम से-

छम-छम छमकती धुंआधार हो ।
विधाता का अदभुत चमत्कार हो ।

चन्दन-चन्दन हो, खुशबू महकती है तुमसे
हवा में नशा-सा तुम्हारे ही दम से-

मधुर भावनाओं का संचार हो ।
गगन का धरा को पुरुस्कार हो ।

शीतल-शीतल हो, चाँदनी छिटकती है तुमसे
तुम्ही हो, तुम्हें मैने चाहा जनम से-

मन में बसी तुम मेरी यार हो ।
मेरी ज़िन्दगी हो, मेरा प्यार हो ।।

बाज़ार में बारिश ने,

बाज़ार में बारिश ने,तुम्हे देखा दहक गई ।
घनघोर रूप धर कर बरसी वो थक गई । ।

तुम मुस्कुराई,तुम पर कोई असर नहीं
खिसिया के चल दी बारिश अपनी डगर कहीं

आकाश पर ख़ुशी की लाली छलक गई ।
घनघोर रूप धर कर बरसी वो थक गई ।

धरती,गगन, दिशाएं,सब कह रहे यही
रंग-रूप में, अदा में, तुम सा कोई नहीं

छूकर तुम्हे हवाएं, मचली महक गई !
घनघोर रूप धर कर बरसी वो थक गई !

सूरज तुम्हे निरखता, तपना बिसर रहा
आलोक से तुम्हारा अभिषेक कर रहा

अभिषेक करती झिलमिल किरणे थिरक गई !
घनघोर रूप धर कर बरसी वो थक गई ! !

रात नदी में बहता चाँद.............

रात नदी में बहता चाँद ! बहते तारे ! आसमान !

सांवला-सांवला नदिया का जल
चांदनी घुल करता झिलमिल ।
समय सरस मन कोमल – कोमल
नाचे-गायें हम हिलमिल ।

रात नदी की गहराई में डूबी धरती सीना तान !
रात नदी में बहता चाँद ! बहते तारे ! आसमान !

प्रकृति के हैं खेल अनोखे
रूप बदलती है पल-पल ।
कभी सुहाती, कभी डराती
कभी-कभी लगती पागल ।

दृष्य बदलते ही रहते हैं, सबकी अपनी-अपनी शान !
रात नदी में बहता चाँद ! बहते तारे ! आसमान !

धरती का सोया कण–कण अब
चेतनता चुगने को है ।
सागर में सोया सूरज फिर
आँखे मल जगने को है ।

भोर की हलचल, सूख गया जल, रात नदी का हुआ प्रयाण !
रात नदी में बहता चाँद ! बहते तारे ! आसमान !

पलछिन कटते दिन ....

पलछिन कटते दिन, पलछिन कटती ये राते
जीवन की होनी अनहोनी कितनी बाते !

बीते पल के सपन अनोखे ही होते है
याद सदा आता है, हम जो भी खोते है ।
संवेदन पथ से गुजरे ये पल छिन बोने
हंसते, हर्षाते, रोते आंसू बोते है ।

तीखे मीठे अनुभव की अगणित सौगाते
पल छिन कटते दिन, पलछिन करती ये राते ।

आगामी पल, कल-कल करते बहते आते
जीवन के उलझे प्रश्नों को ये सुलझाते ।
हर इक पल के अनुभव विलग-विलग ही होते
कुछ में हम मुरझातेकुछ में खिल-खिल जाते ।

कुछ असह्य पीड़ा देते, कुछ सरस सुहाते ।
पलछिन कटते दिन,पलछिन कटती ये राते ।

नपे तुले पल मिले हमें गिनती के यारा
पहले पल से अंतिम पल तक जीवन सारा ।
इसी बीच करना होंगे कुछ काम निराले
जिससे जीवित रहे जगत में नाम हमारा ।

सुख- दुख में जी ले पुलकित मन मोद मनाते ।
पलछिन कटते दिन पलछिन कटती ये राते !

कंटक ही कंटक है, जीवन के पथ में

कंटक ही कंटक है, जीवन के पथ में !
प्राणों पर संकट है, काया के रथ में !

क्षण – क्षण यह चिंतन
जीवन बीहड़ वन !
इस वन में एकाकी
प्राणों का विचरण !

पीड़ा ही पीड़ा हैं, जीवन के अथ में !
प्राणों पर संकट है, काया के रथ में !

पग-पग पर संयम
अन्यथा समक्ष यम !
द्वन्द्वात्मक नर्तन हो
आजीवन छम-छम !

अमरता की मृत्यु है,साहस के श्नथ में
प्राणों पर संकट है,काया के रथ में

जन-जन में समता
ममता ही ममता !
जगहित में अर्पित हो
पौरुष और क्षमता !

जीवन की सार्थकता सफलता मनोरथ में !
प्राणों पर संकट है, काया के रथ में ! !

समय बहुत ही पैना है

पल-पल जख्म नये देता,ये समय बहुत ही पैना है !
सहना मुश्किल, सहा न जाये लेकिन फिर भी सहना है !

अपराधिक घटना दर घटना
आतंकित जनजीवन है !
रक्षक,भक्षक से संगनमत
ऐसा, कैसा शासन है !

जीना दूभर, जिया न जाये, लेकिन जिन्दा रहना है !
पल पल जख्म ....!

मानव हुवा अमानवीय
मानवता सिसक – सिसक रोई !
मानवता के लिये समर्पित
मानव दिखा नहीं कोई !

देश धर्म का पालन कर अब यह परिदृष्य बदलना है !
पल पल ज़ख्म...!

इंसानी रिश्ते आपस में
फैली मारामारी है !
कांप रही है धरती
सारे लक्षण प्रलयंकारी है !

पैना समय, बहुत पैना, ये समय बहुत ही पैना है !
पल-पल ज़ख्म ....!

यूं तो लोगो ने फूलों के

यूं तो लोगो ने फूलों के
डाले हार अनेको बार !
जब तब भरी सभाओ में
किया गया सत्कार !

> लेकिन मुझको कुछ न भाया
> मेरा मन भी पुलक न पाया
> तुम बाहों का हार डाल दो
> तो मैं थोड़ा पुलकित हो लूं ।
> मनचीन्हे सपनो में खो लूं ।

यूं तो नयनो में मधु भर- भर
प्रकट किये उद्गार ।
मेरे जीवन को माना
अपना जीवन आधार ।

> लेकिन मुझको कुछ न भाया
> मेरा मन भी हर्ष न पाया
> तुम थोड़ा अभिसार झाल दो
> तो मैं थोड़ा हर्षित हो लूं ।
> मनचाहे सपनो में खो लूं ।

राम कथा में वीर जटायु ...

राम कथा में वीर जटायु का अपना अनुपम स्थान
तुलसी ने बड़भागी कह कर किया जटायु का यशगान ।

सीता-हरण समय रावण से
युद्ध किया वीरगति पाये ।
शूरवीर शरणागत – रक्षक
धर्मप्राण त्यागी कहलाये ।

परहित में अपने प्राणों का धर्मवीर करते बलिदान ।
राम कथा में ....

अंत समय बोले रघुवर
लो अमर तुम्हें कर देता हूं ।
कहे जटायु नहीं तात
बस मुक्ति का वर लेता हूं ।

मोक्ष मार्ग पर राम-रूप में महाप्राण का महाप्रयाण ।
राम कथा में ....

प्राणविहीन देह गोदी में
लिये राम करुणा बरसाये ।
कमलनयन की अश्रुधार से
प्रभु अंतिम-स्नान कराये ।

ऋणी रहूँगा गिद्धराज का लक्ष्मण से बोले भगवान ।
राम कथा में ....

त्रेता युग के अवतारी नर
अपने हाथों चिता रचा कर ।
मान पिता सम अग्निदाह दे
त्रिभुवन के स्वामी करुणाकर ।

साधु जटायु, धन्य जटायु, महाभाग स्तुत्य महान ।

साँझ सावित्री

पश्चिम के क्षितिज पर दिन के संग घात हुई ।
सहसा सब बोल उठे – रात हुई रात हुई ।

साँझ सावित्री ! दिवस अवसान पर रोई नहीं ।
नियति से लड़ती दिवस बिन रात भर सोई नहीं ।

भोर हुई संध्या की मन चाही बात हुई ।
सहसा सब बोल उठे – रात हुई रात हुई ।

दिवस से मिल रूपसी ! आकाश पर दिपती रही ।
ताप और तेजस्व सहती तापसी तपती रही ।

दिन के लिये संध्या – सती अनुपम सौगात हुई ।
सहसा सब बोल उठे – रात हुई, रात हुई । ।

दिनभर सावन बरसा जमकर

दिनभर सावन बरसा जमकर, रात गगन पर छिटके तारे
भीगी-भीगी चले हवाये, ऐसे में मन तुम्हें पुकारे..... ।

अलबेला मन बोले सजनी,
तुम आ जाओ, तुम आ जाओ
मैं सावन बन बरसू जमकर
तुम हरियाली बन लहराओ

प्यार भरा सावन जीवन भर इक-दूजे के साथ गुजारे
भीगी-भीगी चले हवाये, ऐसे में मन तुम्हें पुकारे..... ।

मतवाला सावन ये कहता
मैं धरती पर प्यार लुटाता
बदले में धरती रानी से
गहरा प्यार हमेशा पाता

सावन का ये कहना सुनकर धरती का मन धन्य हुआ रे
भीगी-भीगी चले हवाये, ऐसे में मन तुम्हें पुकारे..... ।

मेरा और तुम्हारा जीवन
बीते हंसते और हंसाते
अपना घर हो मैं लेटा हूं
तुम्हें देखता लोरी गाते

तुमको देखूँ ममता में तर, क्यारी अपना फूल निहारे
भीगी-भीगी चले हवाये, ऐसे में मन तुम्हें पुकारे..... ।

तुम आई मेरे जीवन में

तुम आई मेरे जीवन में हरसिंगार के फूल-सी ।
चुभती है अब हृदय में विरह वेदना शूल-सी ।

यादों के उपवन में चिलके

झिलमिल आशा का विमल जल

मन मृग दूर-दूर तक भटके

प्यासा जाने ना माया छल

साल रही वह प्रणय यामिनी बिन पहचानी भूल-सी ।
तुम आई .... ।

लहराता जीवन का मधुबन

पल में दग्ध हुआ दावा बन

दिन दूना और रात चौगुना

विरह विकल करता क्रंदन मन

सजल नयन और दग्ध हृदय है, काया हुई बबूल-सी
तुम आई .... ।

आओ हम-तुम शीतल हो लें ...

आओ हम तुम शीतल हो लें
मन का सारा विरह निचोलें

ऋतु वसंत का ध्वज लहराया
होली का उत्सव रंग लाया
जन-जन का मन मस्त !
अनोखे रस से सरस हुआ हरषाया

तुम बोलो ना बोलो मितवा
पर काया का कण – कण बोले
आओ हम तुम .... ।

बावरी हो बह चली हवाएँ
मन में प्रेम अगन सुलगाये
जग के बंधन तोड़ रंगीली
आओ हम तुम हिलमिल जाये

इक दूजे से प्यार करें बस
चाहे कोई कितना रोले
आओ हम तुम .... ।

मीत बिछुड़े, मिल गये

मीत बिछुड़े मिल गये, इस बार न छूटे
जुड़ गए फिर तार अबकी बार ना टूटे ।

मस्तियों में चार पल आ झूम ले
एक खाये चोट दूजा चूम ले

फिर कोई अपना अनोखा प्यार ना लूटे !
जुड़ गए फिर तार अबकी बार ना टूटे !

प्राण को फिर प्राण टेरे
बीच में मत आ लुटेरे

सोच ले तुझसे वो सिरजनहार ना रूठे
जुड़ गए फिर तार अबकी बार ना टूटे ।

मीत बिछुड़े............ ।।

बांह में भर कर.....

बांह में भर कर, तुम्हें फिर चूम लूं।
प्रेम लतिका पर कुसुम-सा झूम लूं।

प्रति दिवस, निज नेह का मधुमास दूं
नित निशा, उन्मादमय सहवास दूं

प्राण की मधु कामना, नव वर्ष भर
प्रेम लतिका से लिपट लूं, लूम लूं।

वत्सले ! सुन्दर, चपल, सुकुमार दूं
नित नये कौतुक तुम्हें उपहार दूं

प्रेम लतिका, के सुकोमल गात पर
मधुप-सा गुंजारता, रम घूम लूं।

स्वप्न जो देखो उन्हें निर्माण दूं
मांग लो, जिस क्षण, उसी क्षण प्राण दूं

प्रेम लतिका-प्रेम में उत्सर्ग हो
भावना के यज्ञ की शुचि धूम लूं।

सुरीले दिन वसंत के

सुरीले दिन वसंत के सुरीले दिन वसंत के ।
मनहर, सरसाते दिन आये रसवंत के ।
सुरीले दिन .... ।

     बहुरंगी बौछारे धरती पर बरसाते ।
     ऋतुओं का राजा फिर आया हंसते-गाते ।

पोर – पोर पुलकित दिक के दिगंत के ।
सुरीले दिन .... ।

     मस्ताना मौसम, जनजीवन में थिरकन है ।
     कान्हा की भक्ति में खोया हर तन मन है ।

चित्त चपल, ध्यान मगन योगी और संत के ।
सुरीले दिन .... ।

     कान्हा की मुरली की तान पर लजाती-सी ।
     नचती है राधा ! निज कंगना खनकाती–सी ।

कण-कण में व्यापक अनश्वर अनंत के ।
सुरीले दिन .... ।

बांह में ले बांह

बांह में ले बांह चल दिलबर चले ।
जिन्दगी की राह पर मिलकर चले ।

रह न पाये बीच की ये दूरियाँ
प्यार में होती नहीं मजबूरियाँ

अपनी हद से अब तो बस बाहर चलें ।
जिन्दगी की राह पर मिलकर चलें ।

ये जमी, ये बस्तियाँ, आबादियां
खुशनुमा हो जायेंगी ये वादियां

इनमें गर हम, हमसफर होकर चलें ।
जिन्दगी की राह पर मिलकर चलें ।

चल पड़े इक जान हो गर चाह में
कौन रोकेगा हमें फिर राह में

महकते उलफत के पैगंबर चले ।
जिन्दगी की राह पर मिलकर चले ।

बांह में ले बांह .... ।।

बिन तुम्हारे

बिन तुम्हारे मन कहीं लगता नहीं !
पूर्णिमा का चंद्र भी जंचता नहीं !
बिन तुम्हारे चांदनी सुनसान है
तुम नहीं तो यह धरा श्मशान है
बिन तुम्हारे सिसकता यह गान है
आह भरता, कसकता मन प्राण है
बिन तुम्हारे फूल भी हंसता नहीं !
जिन्दगी का एक भी रस्ता नहीं !
बिन तुम्हारे ओस कण अंगार है
सांझ सुनी, भोर बिन श्रृंगार है
तुम नहीं तो वक़्त की मझधार में
जिन्दगी की नाव बेपतवार है
बिन तुम्हारे मन-सुमन खिलता नहीं !
एक भी पल चैन का मिलता नहीं !
बिन तुम्हारे टूटता विश्वास है
तुम चली आओ तड़पती आस है
तुम नहीं तो रात-दिन अहसास में
दर्द का दारुण दुःखद सहवास है
बिन तुम्हारे दीप भी सजता नहीं !
चेतना का साज भी बजता नहीं !
बिन तुम्हारे .... ।।

गीत गाये जा, विकल मन ! गीत गाये जा.........

गीत गाये जा, विकल मन ! गीत गाये जा – 2
जीवन के सत्य को, शब्दों में बद्ध कर, गुनगुनाये जा
गीत गाये जा ...... ।

मन सुहाती बात करना तो जगत की रीत है
सत्य कहना सर्वदा इस रीत के विपरीत है
प्राण के बिन देहवत ही सत्य के बिन गीत है
गीत में हो सत्य तो वह गीत कालातीत है
जग के पाखंड को, सस्वर अभिव्यक्त कर, मुस्कुराये जा
गीत गाये जा ...... ।

गीत मानस, गीत गीता, गीत वेद-पुराण है
सृष्टि का चिंतन मनन है, सत्य का संधान है
गीत-रचना धर्म, पूजा, प्रार्थना है, ध्यान है
भजन-कीर्तन है, प्रभु का, मगन मन गुणगान है
रचना के धर्म को, सत से संसक्त कर, पुण्य पाये जा
गीत गाये जा ...... ।

तुम सजनी

संसार की रचना, जितनी अनोखी, उतनी अनोखी तुम सजनी ।
आकाश की शुचिता, जितनी अछूती, उतनी अछूती तुम सजनी ।

> चेतनता की महिमा गरिमा
>
> शीतलता की आली तुम
>
> सुंदरता, कोमलता में भी
>
> अनुपम और निराली तुम

सप्त स्वरों के, प्राण बसे हो, इतनी सुरीली तुम सजनी ।
आकाश की शुचिता .... ।

> रूपसी तेरा रंग गुलाबी
>
> अंग-अंग तरुणाई छलके
>
> थिरके-थिरके विमल सुलोचन
>
> नटिनी-सी चंचल पलकें

मुस्कान की मधुता, जितनी रसीली, उतनी रसीली तुम सजनी
आकाश की शुचिता .... ।

> भावो की अनुगूंज-सा आनन
>
> लज्जा विनती में नत है
>
> दो सात्विक भावों का संगम
>
> एक ही मुद्रा में रत है

लजवन्ती की बेला जितनी लजीली, उतनी लजीली तुम सजनी
आकाश की शुचिता .... ।

उनके घर बजती हुई शहनाईयाँ

चाँदनी की रात और तन्हाईया ।
उनके घर बजती हुई शहनाइयाँ ।

रो दिया दिल गम की सूरत हो गई
जिन्दगी से आज खुशियाँ खो गई

चेहरे पर उड़ती हुई ये हवाईया ।
उनके घर बजती हुई शहनाईयाँ ।

कितना उछला, कितना मचला था ये दिल
कैसा लहराता हुआ बिछला था दिल

याद में लेते वो पल अंगड़ाईयाँ ।
उनके घर बजती हुई शहनाईयाँ ।

क्यों मेरा हक गैर को देने चली
आह निकली, आस की कलियां जली

स्याह गहरी दर्द की ये खाईयां ।
उनके घर बजती हुई शहनाईयाँ ।

चाँदनी की रात........... । ।

मोहब्बत की नज़्म

अभी तक यूं मचलती-सी, नहीं आई, कभी लब पर
अचानक ही, वो मन की बात, लब पर आई तो लेकिन

कहूं कैसे, सुनाऊं क्या ?
कहानी बस ज़रा-सी है ।
अधूरे प्यार की बिखरी हुई
इसमे उदासी है ।

अभी तक यूं छलकती-सी, नहीं छाई, नयन नभ पर
बदरिया पीर की गहरी, नयन-नभ छाई तो लेकिन

बरस कर भी करेगी क्या ?
तड़पना तो उमर भर का ।
कहीं रोकर भी दुखड़ा
दूर हो पाया है भीतर का ।

अभी तक यूं उजड़ती-सी, नहीं देखी कोई किस्मत
यूं उजड़ी मेरी किस्मत, किस्मते शरमाई तो लेकिन

मुझी से हाल मत पूछो
टसक पाया न रो पाया ।
गमों की मार से बेसुध हो दिल
चुपचाप लहराया ।

अभी तक यूं बहकती-सी, नहीं लहराई, मन-पट पर
मोहब्बत की नज़्म मेरे सनम लहराई तो लेकिन

करूँ क्या इसको गाकर ?
दर्द की बेटी को रहने दो ।
घुटन होने दो दिल में
दिल को इसका दर्द सहने दो

न छेड़ों तार टूटे कह न पायेंगे कहानी कुछ
कसम दे दो किसी की भी नहीं कह पायेंगे सचमुच

अभी तक यूं................. । ।

अब तो राम पकड़ ले बांह .....

पग-पग डगमग डगमग चलता
जीवन-दीप बुझा सा जलता
प्रतिपल मुख से निकले आह !
अब तो राम पकड़ ले बांह.... 2

जग के मायाजाल अनोखे
प्रेम का प्रतिफल मीठे धोखे

मानव ही मानव को छलता
बतला कैसे हो निर्वाह !
अब तो राम पकड़ ले बांह.... 2

कहने को तो एक कहाएँ
लेकिन भेदभाव जतलाये

अंतस में घुटती कोमलता
आपस में सब रखते डाह !
अब तो राम पकड़ ले बांह.... 2

आदर्शों को थोथा माने
भौतिकता के ये दीवाने

राग-रंग मद उच्छुंखलता
पीढ़ी दर पीढ़ी गुमराह !
अब तो राम पकड़ ले बांह.... 2

भौतिकता में होकर अंधे
धर्म ध्यान के करते धंधे

परमारथ में स्वारथ पलता
निर्मलता को करता स्याह !
अब तो राम पकड़ ले बांह.... 2

आजीवन पंथ निहारूंगी

आजीवन पंथ निहारूंगी यह जीवन तुझ पर वारूँगी ।
काया आलय में मदमाती तेरा शुभ नाम पुकारूंगी ।

तुम दूर बहुत तुम पास बहुत
मिलने की व्याकुल प्यास बहुत

मन के दीपक में आशा की चिर उज्जवल जोत संवारूंगी
आजीवन पंथ निहारूंगी.........

इतने पावन क्या गंगाजल
बलवान की सम्मुख नत गजबल

पावन बलवंत ! तुम्हें पाने बिनती का बाना धारूंगी
आजीवन पंथ निहारूंगी.........

कहलाते हो तुम सदय हृदय
तरसाते हो फिर क्यों निर्दय

दर्शन के रूप उजारूंगी, पलकों से चरण पखारूंगी
आजीवन पंथ निहारूंगी.........

इश्क़ होता है क्या ये बताना !

इश्क़ होता है क्या ? ये बताना, यार मुमकिन नही लब पे लाना
ये तो महसूस करवाये कोई, और हो जाये कोई दीवाना ।

बस नजर भर मिली, एक सपना जगा
अजनबी था कोई, अपना-अपना लगा

दिल से दिल मिल हुआ आशिक़ाना, आशिक़ी क्या है अब हमने जाना
ये तो महसूस करवाये कोई, और हो जाये कोई दीवाना ।

बस गया दिल में जो मीत वो खास है
सांस दर सांस ये मीठा अहसास है

इश्क़ में, दिल मे बसना, बसाना, लग रहा है सुहाना-सुहाना
ये तो महसूस करवाये कोई, और हो जाये कोई दीवाना ।

बस में मेरे नहीं, दिल मेरा जानेमन
जानती ये हवा, जानता ये चमन

छुप सके ना,उसे क्या छुपाना, जाने तो जान जाये जमाना
ये तो महसूस करवाये कोई, और हो जाये कोई दीवाना ।

श्यामल काली लटे घुंघराली

श्यामल काली लटे घुंघराली, अंखिया कजरी, भोहे काली
गालों पे बिखरी है लाली, लाली पर इक तिल्ली काली ।

रात अमासी, प्यासी-प्यासी
मन पर छाई घोर उदासी ।
मन के नीलनिलय पर बिखरो
मुस्काती मधु चन्द्रकला-सी ।

चोरी-चोरी चंचल गौरी, तुमने मेरी नींद चुरा ली ।
श्यामल काली .... ।

पंथ निहारे नयना हारे
आकुल-व्याकुल प्राण पुकारे ।
मन के सूने नभ पर छिटके
झिलमिल – झिलमिल आस के तारे ।

राजनीगंधा महकी-महकी, बहकी पुरवा स्वर की आली ।
श्यामल काली .... ।

चली आ मन नहीं लगता

चली आ मन नहीं लगता निपट एकांत में
घिरा चंहुओर से हूँ फिर विरह के प्रांत में

हुआ क्या ? जाने क्या ? अनजान मन की बात है
तुम्हारे बिन अंधेरे दिन, अंधेरी रात है

विषैली पीर पल-पल डंस रही मर्मान्त में
चली आ मन .... ।

समय कटता नहीं, लगता विकट अभिशाप – सा
हृदय पर गुंजलक डाले पड़ा है सांप – सा

घना अवसाद लहराता रवि, शशिकांत में
चली आ मन .... ।

वचन विश्वास का विधु टेरता स्नेहिल प्रिये ।
चली आओ, सुलगते आस के बुझते दिये

मधुर-उल्लास-निर्झरिणी ! बहो मन क्लान्त में
चली आ मन .... ।

प्यार क्या है ?

प्यार का रंग क्या ? रूप क्या है ?
प्यार होता है क्या ? और कैसा ?
प्यार क्या है ? बताना कठिन हैं ।
दिल में बहता है, हर पल हमेशा ।

जल है या फूल है या पवन है ।
चाँद, सूरज है या फिर गगन है ।

चाँदनी रात या उगता दिन है ।
या कि है सुरमयी शाम जैसा ।

प्यार क्या है ? ये चर्चा गरम है ।
सच है, धोखा है, मन का भरम है ।

चाँद-सूरज, पवन, जल, गगन है ।
क्या कहूं प्यार का रूप कैसा ।

कब, कहां, कैसे, क्यूं हो गया ये ।
जब हुआ, क्या हुआ ? क्या बतायें ।

बज रही एक अनजान धुन है ।
खिल गया रूह का रेशा-रेशा ।

प्यार में जीता मरता रहा है ।
दिल ने ना जाने क्या कुछ सहा है ।

जिन्दगी चैन बिन, नींद बिन है ।
प्यार का दर्द होता है ऐसा ।

जिन्दगी है तो....

जिन्दगी है तो दिल, दिल है तो प्यार है !
प्यार तो दिल से दिल का सरोकार है !

दिल मिलेंगे तो दिल ये संवर जायेगा
या कि फिर कतरा-कतरा बिखर जायेगा

जानता है बिखरने का खतरा मगर
बावरे दिल को समझाना दुश्वार है !

जिन्दगी है तो दिल... !

प्यार मे दिल कोई, कोई मिल पाते है !
वरना अक्सर तो दिल चोंट ही खाते है !

चोंट खाने को दिल, मुस्कुराते हुये
चोंट का दर्द सहने को तैयार है !

जिन्दगी है तो दिल... !

लाख सोंचे कोई, प्यार क्योंकर करे
दर्द क्योंकर सहे, क्यों किसी पर मरे

सोच ले कुछ भले, फिर भी हो जाता है !
प्यार हर शख्स कि सोच के पार है ! !

जिन्दगी है तो दिल... !

भावना के ज्वार उमड़े थे ....

दूर से मुझको बुलाकर प्रिय ! कहाँ तुम लुक गये ?
भावना के ज्वार उमड़े थे, सतह पर रुक गये !

इन घनी अमराइयों में पंछी का उन्माद नाचे
हिरणी के संग हिरण भी भरता कुलांचे

सारिका के सन्निकट अभिसार करने शुक गये !
दूर से मुझको........ !

गाछ पर वल्लरी लताएँ झूमती है
तितलियाँ फूलों को झुक – झुक चूमती है

चंद्रिका के गात पर बादल सलोने झुक गये !
दूर से मुझको........ !

सांझ घिरती, छैडती मधुमास का संगीत
रात के एकांत मे संगी बनो मनमीत

धैर्य के सारे शलभ विरहाग्नि मे जल चुक गये !
दूर से मुझको........ !

फिर तुम्हारी याद ने अंगड़ाई ली

फिर तुम्हारी याद ने अंगड़ाई ली !
दर्द उभरा, टीस मचली, आह निकली !

फिर तुम्हारे गेसू लहराये महकते
नैन वो क्वारे पखेरू से चहकते

याद मे इक – इक अदा बहती चली !
दर्द उभरा, टीस मचली, आह निकली !

किसलिये मुझको छला क्या मिल गया
दिल बहुत नाजुक था आखिर छिल गया

घुट रही रातें कभी थी मनचली !
दर्द उभरा, टीस मचली, आह निकली !

गर तुम्हें पाया सनम तो गम मिला
खो दिया तो दर्द का यह सिलसिला

आस की कुम्हला गई कोमल कली !
दर्द उभरा, टीस मचली, आह निकली !

किस अनजाने मोड़ पर धोखा दिया
किस जनम किस बात का बदला लिया

स्वप्न टूटे और आंखे छलछली !
दर्द उभरा, टीस मचली, आह निकली !

फिर तुम्हारी याद ने...........! ! !

किस पार मिलन सम्भव है ?

इस पार रहें, उस पार चलें, किस पार मिलन सम्भव है ?
तुममे मधुता, सुंदरता का, कितना आकर्षण वैभव हैं !
किस पार..........

> लजवंती यदि मुख ना खोलो
> नयनों की भाषा मे बोलो

इन नयन प्यालियों मे छलका यह अमृत या आसव है
तुममे मधुता........ !

> मधुवंती मुझको मत रोको
> ना ना कह-कह अब ना टोको

शब्दों के द्वारा मुखर हुआ, मन का कितना विकल रव है ।
इस पार रहें, उस पार चलें, किस पार मिलन सम्भव है ?

यह रात घिरी, एक दीप जला

यह रात घिरी, एक दीप जला, तुम दीप्ति-सी उद्दीप्त कला
मेरा मन आलोकित कर दो, पोर-पोर पुलकित कर दो
यह रात घिरी......... !

दिशि-दिशि को मुझको और सबको
घन अंधकार ने है निगला
इस अंधकार की छाया में
जग की आंखे हो गई अबला

सबको ही ज्योतित कर दो, रोम-रोम हर्षित कर दो
यह रात घिरी......... !

किंशुक सूखे, सूखी शाखा
धरती सूखी, नभ भी सूखा
विकराल काल की माया में
बाह्य अंतर है सूखा-रूखा

अमृत-रस वर्षित कर दो, छोर-छोर सरसित कर दो
यह रात घिरी......... !

बाल-गीत

पानी की निर्मल-धारा-सा होता बालक मन !
पालक पर निर्भर करता इनका भावी जीवन !

सही दिशा मे बहे तो
युग पूजित गांधी बन जाये ।
गलत दिशा मे बहे तो
ये अंधड़ आँधी बन जाये ।

बहुत सावधानी मांगे इनका पालन-पोषण !
पालक पर निर्भर करता इनका भावी जीवन !

भारत माँ की गोदी के
अच्छे बच्चे कहलाये ।
शूरवीर सेवा भावी
सच्चे बच्चे कहलाये ।

ज्ञानी-विज्ञानी-विनयी बच्चे हो मनभावन !
पालक पर निर्भर करता इनका भावी जीवन !

अनुशासन मे रखे
इन्हें सीमा में लाड़ लड़ाये ।
अपना अच्छा-बुरा
समझने की सद्बुद्धि जगायें ।

बच्चे हो गुणवान तो चहके-महके घर आँगन
पालक पर निर्भर करता इनका भावी जीवन !

याद तुम्हारी फिर-फिर आई

याद तुम्हारी फिर-फिर आई
जैसे शाम घिर-घिर आई / घिर-घिर आई !

घोर उदासी मन को चीरे
अँधियारे ने डाले डेरे
आ जाओ अब प्राण सखी री
व्याकुल प्राण-पपीहा टेरे

देर करो मत, जल्दी आओ
चाँदनी बन कर लो अंगड़ाई !
याद तुम्हारी .... !

आज की रात न बीते काली
तुम आओ मन जाये दिवाली
खुशियों के दीपक सुलगा दो
बिखरा दो तुम लाली-लाली

ओ मतवाली, चंचल सजनी
भीनी-भीनी खुशबू नहाई !
याद तुम्हारी...................... ! !

मन का आँगन सूना-सूना

मन का आँगन सूना-सूना, मन का आँगन सूना-सूना !
प्रियतम बिन चन्दन-तन दहके मधुबन ऊना-ऊना !

मेहँदी रचाई वेणी बांधी
पुलकित मांग भरीssss
वस्त्राभूषण पहने जगमग
मस्तक टिकुली धरीssss

पंथ निहारू वातायन से, कब आएंगे साजना !
मन का आँगन..............

चाँदनी बिखरी वसुधा निखरी
निधिगंधा महकीssss
पिय से मिलन को मन लालायित
मन चिकी मधु चहकीssss

बढ़ता जाये विरह दुख मन मे पल-पल दूना-दूना !
मन का आँगन..............

मन इठलाये तन बलखाये
प्रीत की ऋतु लहकेssss
मन मे झाँके इत उत ताके
नयना रह-रहकेssss

प्राण पुकारु शीघ्रति आकर तन-मन छूना-छूना !
मन का आँगन..............

सारा दिन, सारी शाम, फिर सारी रात, फिर सारी रात....

सारा दिन, सारी शाम, फिर सारी रात, फिर सारी रात !
रह-रहकर मन के सागर में लहरों-सी उठती पिया की बात !
दर्पण देख मधुर मुस्काऊ, अपने ही से आप लजाऊँ ।
घूँघट के पट में सकुचाती, मन के सारे भाव छुपाऊँ ।
घर-आँगन, पथ, पनघट संग में, छाया-सा चलता सलौना गात !
सारा दिन........

स्वप्नों में, मैं मांग संवारु, बैठ झरोखे पंथ निहारू ।
नयनों के दीपों से मंगल, प्रियतम की आरती उतारूँ ।
छुई-मुई सी झूलूं बाहों में, नेह की हो रिमझिम मीठी बरसात !
सारा दिन........

भोर समय चंचल छोने-सा सांझ सुहानी दिन सोने-सा ।
रात फिरे बहकी बंजारन, मन लागे पागल होने-सा ।
प्रीत की लय पर तन मन मचलें, जीवन की दे-ले अनुपम सौगात !
सारा दिन........

सुख में दुःख में संग रहूँगी, मुस्काती हर पीर सहूँगी ।
छाया बन डोलूंगी पग-पग, मधु वचनों के छंद कहूँगी ।
आंखे नम, कांधे पर मस्तक, और होगा पिय के हाथों मे हाथ !
सारा दिन........

रात-गगरी सूने पल रीते, शुभ दिन तक कैसे दिन बीते ।
भोर भये दर्शन धुन लागे, साँझ घिरे व्याकुल क्षण पीते ।
किस विधि कटे समय की सीमा, कब होगा पिय का सुहाना साथ !

मैं तुम्हारे चक्कर में पड़ गई

तुम आए, पास बैठे, धड़कन क्यूं बढ़ गई !
लगता है-मैं तुम्हारे चक्कर में पड़ गई !

ये प्यार का सफर है, गुजरेगा शान से
चाहूंगा तुम्हें ज्यादा मैं अपनी जान से

मुस्काई, तुम सिमट कर, कुछ दूर हट गई !
तय हो गया की आखिर लड़की ये पट गई !

तुम प्यार कह रहे हो, वो है हसीन चक्कर
दिन चार चांदनी के फिर अंधकार जमकर

मुश्किल मे पड़ गई हूं क्यूं आँख लड़ गई !
लगता है, मैं तुम्हारे चक्कर मे पड़ गई !

अहसास प्यार का ये शिव सत्य और सुंदर
चक्कर नहीं है देखो दिल में ज़रा उतर कर

आंखे लड़ी थी पल भर, घटना थी घट गई !
तय हो गया कि आखिर लड़की ये पट गई !

प्रिय तुम आओ ना ।

मन-वीणा के तार छिड़ गये प्रिय तुम आओ ना ।
मधुर प्रणय-संगीत गूँजता, प्रिय तुम आओ ना ।

सागर से ज्यों सरिता मिलती
दीपक से मिलती है बाती ।
व्योम से ज्यों मिलती अवनी ।
दिवस से मिलती है रजनी ।

त्यों ही प्रिय तुम मुझसे मिलकर मन सरसाओ ना ।
मन-वीणा के तार.. ।

नित प्रातः ज्यों मुस्काती है
सूरज कि स्वर्ण – किरण ।
नित रजनी ज्यों मुस्काती है
चन्द्र कि रक्त – किरण ।

त्यों ही तुम सम्मुख आकर मधु-मुस्काओ ना ।
मन-वीणा के तार.. ।

मन की वीणा ।

आओ । मन की वीणा बाज रही छुन- छुन ।
उठ रहा है, मन्द–मन्द मधुर-मधुर गुंजन ।
आओ मन की वीणा............................ ।

मनहर आलाप है
मनहर भाव है
मनहर तुम्हारी स्मृति है
मनहर शब्द गुंथन ।

आओ मन की वीणा............................ ।

दिनकर अपने किरण बाहु में
समाये हुए है अवनी को
दिवस बिचारा विरह में जलता
पुकार रहा है रजनी को

देखो वो संध्या-किशोरी, सुंदरी
पांवों में पायल बांध आ रही रुनझुन, रुनझुन, रुनझुन ।

तुमको अर्पित तुमको समर्पित
ये मेरी कविता ये मेरा गीत
आओ । आओ । कब से पुकारु
अब तो आ जाओ मनमीत ।

झूम उठेगा तन-मन ।
आओ । मन की वीणा............................ ।

उर्ध्व जाने दो मुझे....... ।

प्रीत मे खाई है ठोकर, मीत ने माना है जोकर ।
गीत गम के गा चुका हूं मैं बहुत । रो चुका हूं, खो चुका हूं मैं बहुत ।
आज जीवन के मधुरतम मुस्कुराते... गीत गाना चाहता हूं
मुस्कुराना चाहता हूं / गीत गाने दो मुझे । मुस्कुराने दो मुझे ।

स्वप्न सारे टूटे-टूटे

साथी सारे रूठे-रूठे

लुट चुका हूं, पिट चुका हूं, मैं बहुत ।

हत हुआ हूं, क्षत हुआ हूं, मैं बहुत ।

आज जीवन के सुनहले चमचमाते.... स्वप्न बुनना चाहता हूं ।
चमचमाना चाहता हूं / स्वप्न बुनने दो मुझे । चमचमाने दो मुझे ।
प्रीत मे खाई है .... ।

तोड़ यह – वह खूँटे – खूँटे

बन्ध अब सब छूटे – छूटे

भिड़ चुका हूं, लड़ चुका हूं, मैं बहुत ।

गिर चुका हूं, गड़ चुका हूं, मैं बहुत ।

आज जीवन के महत्तम उर्ध्व जाते... पथ को चुनना चाहता हूं ।
चमचमाना चाहता हूं / पथ को चुनने दो मुझे । चमचमाने दो मुझे ।
प्रीत मे खाई है .... ।

धरती पर पूजा जायेगा, कहलायेगा राम

दुष्टों का मद रहने वाला, दीन-दु:खी का हो रखवाला
देश-धर्म-संस्कृति के हित में आयेगा जो काम
धरती पर पूजा जायेगा, कहलायेगा राम । वो कहलायेगा राम ।

एक पहेली नर का जीवन
जिसने इसको जाना-बूझा
मानवहित में निष्ठा उसकी
बस वह करता सच्ची पूजा

कण-कण में फैलाने उजाला, अपनी धुन का हो मतवाला
लक्ष्य प्राप्ति के लिये भुलायेगा सुविधा-आराम ।
धरती पर पूजा जायेगा, कहलायेगा राम । वो कहलायेगा राम ।

युग-युग से देता संदेश
अपना गरिमामय इतिहास
कर्मनिष्ठ जीवन का साधक
छूता है ऊंचा आकाश

जग के दर्द को जीने वाला, जिसका अन्तर्मन हो शिवाला
विश्व- शान्ति के लिये बितायेगा जो सुबह-ओ-शाम
धरती पर पूजा जायेगा, कहलायेगा राम । वो कहलायेगा राम ।

माया की भट्टी मे जलता.

माया की भट्टी मे जलता जीवन एक अंगारा ।
पल दो पल में राख बनेगा, ये नश्वर है यारा । ओ यारा॥ ।

अमर, असीम, अनूप, अदृश्य वह
प्रभु सांचा आत्मीय सखा रे
जग के क्षणभंगुर नातों में
बतला तू क्या सार रखा रे

भवसागर से पार उतरने का बस यही सहारा ।
पल दो पल .... ।

किंचित सुख के लिये विलम्बित
दुख को आमंत्रण देता तू
पारस देकर बदले में
सोने के आभूषण लेता तू

भ्रम मे भूला-भूला भटके, मन चंचल आवारा ।
पल दो पल .... ।

भौतिकता की भूलभुलैया
जनम-जनम मन को भटकाये
आत्मा के स्वर ना पहचाने
वह प्राणी एक दिन पछताये

ईश्वर की अनुभूति का सुख अक्षय-अनहद-न्यारा ।
पल दो पल .... ।

प्रभु के निकट पहुँचना है तो...

प्रभु के निकट पहुँचना है तो बंदे "मैं" को त्याग ।
वरना राख करेगी तुझको "मैं" की भीषण आग ।

राग-द्वेष, क्रोध- हिंसा ये
मैं के मीत घने-मदमाते ।
महाबली, ज्ञानी-विज्ञानी
मैं के कारण मिट-मिट जाते ।

"मैं" को तज कर प्रभु चरणों में अर्पण कर अनुराग ।
वरना राख करेगी तुझको "मैं" की भीषण आग ।

अभिमानी रावण के दशमुख
छिन्न किये धड़ से रघुवर ने ।
शिशुपाल का वध कर डाला
श्याम मनोहर मुरलीधर ने ।

प्रभुदृष्टि में अभिमानी नर लगे कालिया नाग ।
वरना राख करेगी तुझको "मैं" की भीषण आग ।

अहंकार से मुक्त हुआ तो
सच्चा मानव कहलायेगा ।
पाप और संताप कटेंगे
प्रभु की कृपा सहज पायेगा ।

दिवा – स्वप्न में खोया पगले, अज्ञानी उठ जाग ।
वरना राख करेगी तुझको "मैं" की भीषण आग ।

तृष्णाओ का दलदल जीवन

तृष्णाओ का दलदल जीवन । हाथ पकड़ले रे बलवान ।
हम संसारी निर्बल प्राणी, बिनती करते हे भगवान ।

धँसते ही जाये हम गहरे

उबर न पाये, निर्बल ठहरे

तेरे बल का सम्बल पाकर

हम दलदल के ऊपर फहरे

काम-क्रोध-मद-लोभ-मोह से, मुक्ति का दे दो वरदान ।
हम संसारी निर्बल प्राणी, बिनती करते हे भगवान ।

माया के वश ये चंचल मन

कैसे तेरा ध्यान लगाये

भ्रम में भूला-भूला भटके

स्वप्नों का संसार रचाये

भक्तिभाव में खो जाये मन, हो जाये सच से पहचान ।
हम संसारी निर्बल प्राणी, बिनती करते हे भगवान ।

भौतिकता से लिपटे-लिपटे

हमने कितने जनम गँवाये

जग को नीरस मिथ्या जाना

तब तेरे चरणों में आये

हम तेरी करुणा के लायक, करुणाकर कर दो उत्थान ।
हम संसारी निर्बल प्राणी, बिनती करते हे भगवान ।
तृष्णाओ का दलदल जीवन... ॥

दया करो दुःखहर्ता भगवन.... ।

दया करो दुःखहर्ता भगवन । कृपा करो सुखदाता ।
दया करो दुःखहर्ता भगवन । कृपा करो सुखदाता ।

जीवन की अटपटी डगरिया
उस पर चलता मैं बावरिया

सम्हल-सम्हल डग भरता फिर भी पग-पग ठोकर खाता ।
दया करो दुःखहर्ता भगवन । कृपा करो सुखदाता ।

जग में जनम-जनम का फेरा
भटक-भटक हारा मन मेरा

मिटे न माया का आकर्षण, पल-पल मन भरमाता ।
दया करो दुःखहर्ता भगवन । कृपा करो सुखदाता ।

जनम-जनम यह कलुषित जीवन
उल्टी नौका, डुबूँ भगवन

मुक्त करो जीने-मरने के, क्रम से मोक्ष-प्रदाता ।
दया करो दुःखहर्ता भगवन । कृपा करो सुखदाता । ।

दर्शन दो अब तो करुणाकर ।

दर्शन दो अब तो करुणाकर ।
शंख-चक्र-गदा-पद्मधर ।
    कर्मों का फल सुख-दुख मिलता
    दोनों ही देते व्याकुलता
चरणों में आया शरणागत
भोगों से थककर उकताकर ।
    जन्म-जन्म जीवन की कारा
    होगा कब इससे छुटकारा
तंग आ गया हूं जीवन की
दुर्निवार पीड़ा सह-सह कर ।
    सब कुछ लगता बासी-बासी
    मन पर छाई घोर उदासी
आकुल-व्याकुल अन्तर्मन को
मुक्त करो शुभ दर्शन दे कर ।।
    दर्शन दो अब तो करुणाकर ।

निगोड़े मेघ

ज्यों खटक जाता है
किसी चित्रकार को
स्वरचित सफल चित्र पर
अचानक –
रंगों का बिखर जाना !

ज्यों खटक जाता है
ज्येष्ठी धूप में
तपे प्यासे मानव को
सम्मुख आ
सजल पात्र का
अकस्मात लुढ़क जाना !

ज्यों खटक जाता है
प्रणयी-युगल को
मधुर प्रणय-मिलन के मध्य
किसी अन्य का
अप्रत्याशित आ जाना !

त्यों ही
खटक रहा है मुझको
शरदपूर्णिमा के चंद्र पर
निगोड़े मेघों का
छा जाना !

युद्ध होगा जब कभी

युद्ध होगा जब कभी रण में खड़े ।
हम लड़ेंगे युद्ध सब छोटे बड़े ।

गोद में खैले इसी की हम सदा
भारती माँ में गड़ी गहरी जड़े ।

जब कभी भी युद्ध का उद्‌घोष हो
हम लड़इया प्राण प्रण से डट लड़े ।

सूरमा है हम लड़ेंगे क्यूँ नहीं
हार क्योंकर मान लेंगे बिन लड़ें ।

जीतते ही आ रहे हर युद्ध हम
वीरता से शौर्य से ज़िद पर अड़े ।

हमेशा देश पर तन-मन समर्पित ।

हमेशा देश पर तन-मन समर्पित ।
अगर धन चाहिये तो धन समर्पित ।

मुहब्बत है हमें अपने वतन से
वतन के वास्ते जीवन समर्पित ।

डराता फिर रहा पगला पड़ोसी
उसे अब युद्ध इक भीषण समर्पित ।

समय जब आयेगा तब देखियेगा
करेंगे खून का कण – कण समर्पित ।

रहे खुशहाल सदियों तक वतन यह
वतन की आन पर हर क्षण समर्पित ।

रूप की सम्पदा अमित प्यारे

रूप की सम्पदा अमित प्यारे ।
अप्सरा कोई अवतरित प्यारे ।

दोष किंचित नहीं, सुगढ़ सुन्दर
देखता रह गया चकित प्यारे ।

नैन से नैन बस मिले क्षण भर
प्रेम का बीज अंकुरित प्यारे ।

अब उदासी छंटेगी जीवन की
आस-विश्वास पल्लवित प्यारे ।

प्यार से जिन्दगी बितायेंगे
प्रेयसी संग सहचरित प्यारे ।

साथ हैं चाँदनी चपल शीतल
मोद से मन मुदित-मुदित प्यारे ।

भाव कोमल, तरल-तरल उपजे
बावरा मन हरित-हरित प्यारे ।

गीत उमड़ा, ग़ज़ल घुमड़ आई
छंद होने लगे ध्वनित प्यारे ।

प्रेममय भाव हो, लिखो कुछ भी
लेख होगा ललित-ललित प्यारे ।

इक कली मनचली हो गयी बावरी

इक कली मनचली हो गयी बावरी ।
किस वज़ह से हुई क्यों हुई बावरी ।

थी गुलाबी कली, प्रेम की प्यास से
रंग खोकर हुई चम्पई बावरी ।

चाहती झूमकर चूम ले इक भ्रमर
राह तकती विकल अनछुई बावरी ।

कल्पना में स्वयं को निरखने लगी
मीत की बाहु में छुईमुई बावरी ।

प्रेम की चाह खुद से उपजती सदा
और होती रही नित नई बावरी ।

शवों के घेरे में

घिरे हैं लोग यहां पर शवों के घेरे में ।
घना उदास शहर भर शवों के घेरे में ।

हरे भरे जो सुहाने कभी रहे होंगे
खड़े उजाड़ ये तरुवर शवों के घेरे में ।

परिंद कोई दिखा ही नहीं कहीं यारब
डरावना लगे मंजर शवों के घेरे में ।

ये सत्य खोज रहा हूँ कि प्राण लेने को
कहां से आ रहे खंजर शवों के घेरे में ।

यहां से कौन सलामत गया कभी आकर
सुलझ सका न उलझकर शवों के घेरे में ।

कहां तलाश करें ज़िन्दगी कहां पायें
फंसे हुये हैं निरंतर शवों के घेरे में ।

ये दृश्य देख रहा हूं कि जिस्म के भीतर
घुपे धँसे कई खंजर शवों के घेरे में ।

ओ चाँदनी....

चंद्र से झरती हुई ओ चाँदनी ।
बांह में भरती हुई ओ चाँदनी ।

हम नदी में, नांव से नीहारते
बावरा करती हुई ओ चाँदनी ।

रात गहराई, तिमिर घन काटने
और घन घिरती हुई ओ चाँदनी ।

तुम न हो तो दृश्य दर्शन ही न हो
घन तिमिर हरती हुई ओ चाँदनी ।

पूर्णिमा की रात, राका से नहा
दूध सी धरती हुई ओ चाँदनी ।

नव वधू वत हर्ष लहरिल ये नदी
चंद्रिका तिरती हुई ओ चाँदनी ।

पीर मन कि दूर हो कैसे बता
घूमती फिरती हुई ओ चाँदनी ।

आपके अस्तबल में खड़ा है

आपके अस्तबल में खड़ा है ।
अश्व ये कम गधा ये बड़ा है ।

तथ्य ये सत्य है राजरानी
आपका लाल चिकना घड़ा है ।

सोचकर बोलना तक न जाने
रहनुमाई करेगा अड़ा है ।

मुल्क के वास्ते क्या जरूरी
सोचता ही नहीं गड़बड़ा है ।

तख्त कैसे मिले और क्यूं कर
क्या ये सुरखाब के पर जड़ा है ।

आपका मन चहेता भले हो
झेलना तो हमे ही पड़ा है ।

वो तमस का विरोधी मसीहा
रोशनी बन हमेशा लड़ा है ।

गीतिका

रात गहरी, घोर तम छाया हुआ ।
हार कर बैठा हूं-पथराया हुआ ।

यूं पड़ा हूं, लोकपथ के तीर पर
गो कि प्रस्तर-खण्ड ठुकराया हुआ ।

दूर जुगनू एक दिपता आस का
शेष सब सुनसान थर्राया हुआ ।

टूट बिखरा प्रीत का तारा चमक
मन सिसकता और पछताया हुआ

छलछलायी आँख, आंसू बह चले
प्राण ! आँखों – तट तलक आया हुआ ।

घर

हमारा सजाया हुवा घर ।
सदा जगमगाया हुवा घर ।

जुटाकर ये तिनके लगन से
जतन से बनाया हुवा घर ।

मुहब्बत के मीठे सुरीले
सतत गीत गया हुवा घर ।

ज़मी पर उतरकर फ़लक से
कमर झिलमिलाया हुवा घर ।

सुकूं है यहां, ज़िंदगी है
अमन चैन पाया हुवा घर ।

बशर जब यहां कोई आया
उसे भी सुहाया हुवा घर ।

अगर तुम न होते न होता
खुशी से नहाया हुवा घर ।

पसीना बहाकर मिला जो
उसी से बसाया हुवा घर ।

आंसू

याद आती है, बरसते हैं, नयन से आंसू ।
हंसते फूलों से, हवाओं से, गगन से आंसू ।

रात भर चांद-सितारों से बरसते ही रहे
दिन हुआ तो मिले सूरज की किरण से आंसू ।

तुमको देती है खुशी अपने चमन कि खुशबू
मुझको हर बार मिले अपने चमन से आंसू ।

मन को छूती हुई बाते न भुलाई जाती
याद गहराती है, देती है, छुवन से आंसू ।

जब भी बिछुड़े तो अनायास ही ये फूट पड़े
अब तो निकलेंगे सदा मीत, मिलन से आंसू ।

तुम न मिलते तो कहां मिलती मुझे ये तड़पन
मन के तपते हुए घावों की जलन से आंसू ।

जो न ये सूखते बन जाता समन्दर अब तक
बचा लेते मुझे पल-पल के मरण से आंसू ।

बात सीधी-सी है, कुछ खास नहीं है यारों
दर्द उठता है, उपजते है, घुटन से आंसू ।

योग की बात है, कोई हंसे, रोये कोई
कोई पाता है पुलक, कोई सजन से आंसू ।

याद आती है..... ।

बात बिगड़ी तो बना ली जायेगी...

बात बिगड़ी तो बना ली जायेगी ।
जान थोड़े ही निकाली जायेगी ।

झूठ पर फिर झूठ बोला जाएगा
बात हर सच्ची दबा ली जायेगी ।

बढ़ गई है कीमतें हर चीज की
अब मुसीबत में दिवाली जायेगी ।

गुलबदन ठुमका लगा दें झूमकर
जान तब कैसे सम्हाली जायेगी ।

यार इतना जंच गया दिल को मेरे
प्यार की खिचड़ी पका ली जायेगी ।

ज़िन्दगी में दर्द आना चाहिये...

ज़िन्दगी में दर्द आना चाहिये ।
दर्द आये मुस्कुराना चाहिये ।

दर्द बस वो दर्द है जिस दर्द का
रूह तक अहसास जाना चाहिये ।

दर्द अक्सर इश्क़ मे मिलता हमें
इश्क़ करना दर्द पाना चाहिये ।

दर्द क्या है जानने के वास्ते
इश्क़ में सब कुछ लुटाना चाहिये ।

दर्द से बैचेन जो दिल हो उसे
गीत लिखना और गाना चाहिये ।

हुस्न पर लोकलाज भारी है...

हुस्न पर लोकलाज भारी है ।
शोख है, पर हया की मारी है ।

कह चुका मैं कई दफा यारा
'प्यार' कह दो तुम्हारी बारी है ।

स्वर मिलेगा यकीन है मुझको
प्यार की गीतिका ये प्यारी है ।

लोग कहते रहे भले कुछ भी
प्यार की चाँदनी हमारी है ।

ज़िन्दगी पुरसुकून गुज़रेगी
साथ अब गुलबदन हमारी है ।

इश्क़ मे दिल हलाक होंगे ही
इश्क़ तलवार इक दुधारी है ।

आत्मविश्वास हो अगर ज़िंदा
ज़िंदगी कब किसी से हारी है ।

यह नहीं है क्या प्रिये बोलो वरण ?

यह नहीं है क्या प्रिये बोलो वरण ?
चित्तभूमि में तुम्हारा सतत विचरण ।

जब मिली आंखे उसी क्षण तो मिले मन
शुद्ध अर्थों में यही शुभ परिणयन ।

धर्म-विधि का लक्ष्य है मन को मिलाना
मन मिले; फिर क्यों करे पाणिग्रहण ।

मन मिले तब से सदा करता रहा हूं
ब्याहतावत सतत तुमसे आचरण ।

क्षितिज मैं पूरब दिशा का धूसरित हूं
भोर की तुम मुस्कुराती उषाकिरण ।

कुछ जाना कुछ अनजाना-सा लगता है

कुछ जाना, कुछ अनजाना-सा लगता है ।
कुछ भूला, कुछ पहचाना-सा लगता है ।

दर्पण में प्रतिबिम्बित अपना ही मुखड़ा
कुछ अपना, कुछ बेगाना-सा लगता है ।

मुझ सम लाखों लोग यहां पर बसते हैं
हर कोई बस दीवाना-सा लगता है ।

सूरज, चांद, सितारों का आना-जाना
उचटे मन को बहलाना-सा लगता है ।

जीवन तो बस वाल्मीकि की वाणी में
आंसू की गाथा गाना-सा लगता है ॥

हमारी जन्म भूमि

हमारी जन्मभूमि ही, हमारी माँ है, जय गाओ ।
हिफाज़त के लिये माँ की, खुशी से सर भी कटवाओ ।

कई बलिदान के बदले हुई आज़ाद भारत माँ
उठाये आँख जब कोई, उसे गिन-गिन के टपकाओ ।

हरा है, केशरी है, श्वेत है ये चक्रधारी है
वतन की अस्मिता है ये तिरंगा तन के फहराओ ।

कुटिल मन लोग कुछ उसको बुरा बंदा बताते है
भलामानस हितैषी है, उसे सब दिल से अपनाओ ।

दिलों में खौफ फैलाने किया सेना पे फिर हमला
सबक इनको सिखाना गर लहू में लोह पिघलाओ ।

जमी पर बोझ है भारी, ये दहशतगर्द हत्यारे
जहन्नुम के सफर मे हैं, इन्हें चुन-चुन के पंहुचाओ ।

अगर दिल मे ज़रा भी रोशनी से हो मोहब्बत तो
लड़ाई है अंधरों से मशालें बन के लहराओ ।

ताप से दिन रहा तपित यारा

ताप से दिन रहा तपित यारा ।
सांझ उतरी अभी थकित यारा ।

गुलमुहर सुर्ख लाल इनसे ही
ग्रीष्म की धूप कुंकुमित यारा ।

नियति तो, भिन्न स्वप्न से अक्सर
जी रहा क्यों दुखित-दुखित यारा ।

जिन्दगी भर तलाश की लेकिन
सुख स्वयं मे मिला निहित यारा ।

पाप या पुण्य जो करोगे तुम
कर्मफल सर्वदा फलित यारा ।

इश्क़ में फायदा देखता है

इश्क़ में फायदा देखता है ।
अब बशर अलहदा देखता है ।

हुस्न को चांद कहने से पेश्तर
अब बशर कायदा देखता है ।

आज का आदमी हर किसी को
नुस्ख है – बुदबुदा देखता है ।

कौल पर था यकी, उठ गया वो
अब बशर वायदा देखता है ।

इक तमाशा मुक़ाबिल है यारब
रूह को गुमशुदा देखता है ।

दे रही रूह को जो सुकूं वो
जादुई इक सदा देखता है ।

वो फरिश्ता मिलेगा यहीं बस
दिल महज मयकदा देखता है ।

सम्भावना के द्वार पर

सम्भावना के द्वार पर दस्तक हुई है
देख कर मुझको हुई वह छुईमुई है ।

देखता ही रह गया विस्मित चकित-सा
रंग-रस-मद से भरी वह सुर मयी है ।

रम्य मौसम, रम्य ही वातावरण यह
सुनहली इस सांझ की सजधज नई है ।

प्रेम की पल-पल उमड़ती भावना पर
वर्जनाओं की सतत चुभती सुई है ।

तरलता बांधी गई, कुचली गई है कोंपलें
क्रूरता द्वारा सदा, सारी हदें लांघी गई है ।

क्रूरता सहने को तत्पर, वर्जना माने न मन
प्यार का अद्भुत असर मुझ पर अजब-सा जादुई है ॥

दिल खिला है .....

आप जब से मिले दिल खिला है ।
चल रहा प्यार का सिलसिला है ।

चाँदनी खिल गयी जिन्दगी में
आपका साथ जब से मिला है ।

पास आओ ज़रा, दूर क्यों हो
फासला बीच ये खामखा है ।

दूरिया सह न पाये ज़रा भी
दिल अजब है, ग़ज़ब बावरा है ।

जाम ओंठों तलक आ न पाये
बिन पिये जिन्दगी इक सज़ा है ।

दरमिया आपके और मेरे
रूह का कुदरती राब्ता है ।

रूठना गर कभी, मान जाना
इल्तिजा, इल्तिजा, इल्तिजा है ।

भरोसा क्या ?

कौन किस वक़्त कौल से अपने
हट के फिर जायेगा भरोसा क्या ?
कब ये आकाश टूट कर मेरे
सर पे गिर जायेगा भरोसा क्या ?

दोस्ती को निबाहने वाले
हों तो इतिहास मे ही जिन्दा हों ।
आज के दौर का कोई बंदा
कब मुकर जायेगा भरोसा क्या ?

प्यार की बात, साथ जन्मों का
बोलना तो सरल, मगर प्यारे ।
प्यार का फूल, किस घड़ी, किस पल
झर, बिखर जायेगा भरोसा क्या ?

चंद जुमले उछाल कर तुम तो
अपने मित्रों के सिर ही चढ़ बैठे ।
याद रखियेगा जो इधर आया
कल किधर जायेगा भरोसा क्या ?

बुद्धिजीवी अगर कोई होगा
व्यक्त होना है उसकी मजबूरी
सोच विपरीत मान कर ज़ालिम
कत्ल कर जायेगा भरोसा क्या ?

जिन्दगी की यहां सुनिश्चितता
हमने देखी नहीं कभी यारो ।
कौन जिन्दा रहेगा किस पल तक
कौन मर जायेगा भरोसा क्या ?

उजड़ता हुवा यह शहर....

उजड़ता हुवा यह शहर देखते हैं ।
सुबकता हुवा हर बशर देखते है ।

जलाया जिसे रहनुमाओ ने मिलकर
झुलसता वही इक शजर देखते है ।

हमारे लिये क्या बुरा है भला क्या
चलो बैठकर सोचकर देखते है ।

घना शोर बरपा रहा इन दिनों अब
तमाशा थमा, चल ख़बर देखते है ।

मसीहा उसे मानते है यहां सब
मगर क्यूं भला पूछकर देखते है ।

चमन में खिला फूल

चमन में खिला फूल हर देखते हैं ।
अनोखा लगे आँख भर देखते हैं ।

खिलेगा अगर फूल होगा अनोखा
जिधर फूल हो बस उधर देखते हैं ।

दिखी रूपसी दिल हुवा है दिवाना
जिधर रूपसी बस उधर देखते हैं ।

भले कुछ कहे कोई संकोच कैसा
निरंतर चकित हम अगर देखते हैं ।

न जाओ अभी प्रिय ज़रा सा रुको तो
नयन से हृदय तल उतर देखते है ।

अभी शेष है बात मन की सुनो तो
ठहर कर तनिक बात कर देखते हैं ।

मुहब्बत, मुहब्बत, मुहब्बत, मुहब्बत
बहुत शोर है, यार कर देखते है ।

इश्क़ हो तो क्यूँ छिपाना चाहिये....

इश्क़ हो तो क्यूँ छिपाना चाहिये ।
तान कर सीना बताना चाहिये ।

मौत आना वक़्त पर तय है सुना
फिर भला डर क्यूँ सताना चाहिये ।

बात गर ताकत से कह पाये न तो
क्यूँ उसे फिर बुदबुदाना चाहिये ।

मात होगी इश्क़ में क्यूँ सोचना
जीतना तो दिल दिवाना चाहिये ।

हम वफ़ा वादा करें हैं इश्क़ में
इश्क़ का हमको खज़ाना चाहिये ।

बात उल्फ़त की चले जब भी कहीं
ज़िक्र अपना खूब आना चाहिये ।

शाम ढलती जा रही जतला रही
अब शहर में इक ठिकाना चाहिये ।

प्यार हो तो ज़रा जता खुल के...

प्यार हो तो ज़रा जता खुल के ।
गर न हो तो तनिक बता खुल के ।

राज़ ए उल्फ़त दबा रखा है क्यूं
खोल दे फिर भले सता खुल के ।

रोक पाना नहीं रहा मुमकिन
हो न जाये कहीं खता खुल के ।

रात भर ये खुले-खुले नयना
पूछते नींद का पता खुल के ।

प्यार औ चैन से गुज़र होगी
ज़िंदगी साथ तो बिता खुल के ।

मिलेगा कहीं हमसफर देखते हैं ।....

मिलेगा कहीं हमसफर देखते हैं ।
शहर दर शहर घूमकर देखते हैं ।

अकेले बिताना बमुश्किल रहेगा
कठिन ज़िन्दगी का सफर देखते हैं ।

सुना है मुहब्बत, कड़ी है, कंटीली
चलो इस डगर से गुज़र देखते हैं ।

गगन पर उदित चाँद तारे निहारे
अलौकिक ये मंज़र ठहर देखते हैं ।

निहारा उन्हें बस, किया कुछ नहीं वो
घुमाकर नज़र राह पर देखते हैं ।

प्रणय का निवेदन किया तो लजाकर
कहा कुछ नहीं चाँद भर देखते हैं ।

हया, हाय हैरत गज़ब छाई उन पर
सुलगता हुआ गुलमुहर देखते हैं ।

ज़माना कभी चैन लेने न देगा
जमाने से चल हम उबर देखते हैं ।

वहां उसके घर में हुवा हो रहा क्या
उसे छोड़ चल अपना घर देखते हैं ।

ख़ुशी से सभी मुस्कुराने लगे...

ख़ुशी से सभी मुस्कुराने लगे ।
नये स्वप्न आँखों में आने लगे ।

दिखाये जो सपने, कहां सच हुये
हमें आप फिर से लुभाने लगे ।

हथेली पे चंदा उगेगा कहा
मगर हाथ मैथी के दाने लगे ।

वहम है महज़ आसमाँ से उतर
ज़मीं पर नज़र चाँद आने लगे ।

जहां से चले थे, खड़े हम वहीं
हमें आप उल्लू बनाने लगे ।

पिलाये बहुत घूंट कड़वे मगर
सतत देश हित साधे जाने लगे ।

भरोसा करें, फिर चुने आपको
कहीं आप फिर न सताने लगे ।

मसीहा   नमूदार   होने   लगा
उजाले घरों में समाने लगे ।

बहुत कर्ज़ था, पूर्वजों का जिसे
चुकाते-चुकाते जमाने लगे ।

रात छोटी आजकल...... !

रात छोटी आजकल है दिन बड़े ।
और इक-इक पल शरारों से जड़े ।

तरुवरों के वस्त्र पतझड़ में झडे
निर्वसन-तरु संकुचित लज्जित खड़े ।

पंख   फैलाकर   पखेरू   मांगते
नीर दे दो नीर पीकर हम उड़े ।

ग्रीष्म ऋतु का ताप इतना बढ़ गया
होश खोकर आदमी बेसुध पड़े ।

काट डाले वृक्ष कितने स्वार्थवश
भूमि पर केवल खड़े है आंकड़े ।

ताप से रखते बचाकर भूमि को
काटिये मत वृक्ष ये गहरे गड़े ।

संतुलित   पर्यावरण   के   वास्ते
लाज़िमी हम वृक्ष-रोपण से जुड़े ।

बोल जो बोलना त्वरित यारा

बोल जो बोलना त्वरित यारा ।
साँच को आँच क्या कथित यारा ।

सत्य पर फिर असत्य हावी क्यों ।
दोष अपना ही आकलित यारा ।

आजकल कुछ समझ नहीं आता
वक्त पल-पल भ्रमित – भ्रमित यारा ।

प्रेम तो गीत था कभी मधुरिम
आज वो अलहदा गणित यारा ।

प्यार हो ही गया अगर तो फिर
हित-अहित सोच मत क्वचित यारा ।

उलझने यत्न से सुलझती है
प्रश्न का हल सदा घटित यारा ।

ज़िन्दगी का हिसाब किस विधि हो
भाग, ऋण, योग या गुणित यारा ।

गीतिका

एक दीप बुझेगा तो कोई एक दूजा दीप जलेगा ही ।
कुछ पल छायेगा लेकिन फिर अंधियारा हाथ मलेगा ही ।

जीवन पथ पर दो अनजाने, एक दूजे को अपना माने
तन से चाहे बिछुड़े, उनके मन में तो प्यार पलेगा ही ।

रस-भीनी यादें रह-रह कर बिखराती दर्दीले पल छिन
खुशियों की बरखा बीती तो गम का मौसम बदलेगा ही ।

लय-तालों-रागो से बचकर कब तक चुप-चुप रह पायेगी
एक पल ऐसा भी आयेगा, पायल का स्वर मुखरेगा ही ।

भोला-भावुक-अनुरागी मन ! जीता वो नटखट बालक बन
आखिर कब समझेगा पागल ! हिय को संसार छलेगा ही ।

अपने भीतर गहरे खोकर, रोना चाहो, देखो रोकर
आंसू की बूंदों में घायल दिल का कुछ दर्द ढलेगा ही । ।

एक दीप......!

शहीदों की शहादत....

शहीदों की शहादत पे सियासत ये घिनौनी है ।
बताओ क्यों चुने तुमको तुम्हारी सोच बोनी है ।

सदी आधी से भी ज्यादा तुम्हारी रहनुमाई थी
ज़रा क्या तख़्त से उतरे हुई सूरत क्यों रोनी है ।

भरोसा तोड़कर सबका ये कहते हो की फिर चुन लो
हुई जो गलतियाँ अब तक धुलाई करके धोनी है ।

अनेकों बार बातें की अनेकों बार समझाया
बुरी नीयत के दुश्मन की ठुकाई जम के होनी है ।

सुरीली है, सजीली है, सुहानी वो चपल सजनी
कुलांचे भर रही मानो, सुनहली मृग की छौनी है ।

जियो जीवन सदा

जियो जीवन सदा ही सादगी का ।
गिला शिकवा रखो मत तिश्नगी का ।

किसी से मत करो झगड़ा – लड़ाई
मज़ा लेना अगर है ज़िन्दगी का ।

न जाने कौन सा पल आखरी हो
भरोसा ही नहीं इस ज़िन्दगी का ।

सियासतदार सब फूले फले है
कचूमर बन गया आम आदमी का ।

ग़ज़ल है,नज्म है, दोनों नहीं तो
कहीं की ईंट है, रोड़ा कहीं का ।

ग्रीष्म ऋतु को शीघ्र जाना चाहिये....

ग्रीष्म ऋतु को शीघ्र जाना चाहिये ।
झूमकर बरसात आना चाहिये ।

उष्णता से त्राण पाने के सबब
इन्द्र को मन से मनाना चाहिये ।

ज्येष्ठ बीता आ गया आषाढ़ अब
घन सघन छा घडघड़ाना चाहिये ।

बह रहा कितना पसीना देह से
चल नदी तक अब नहाना चाहिये ।

भर दुपहरी में पसारे पंख खग
मांगते बस आबुदाना चाहिये ।

प्राणियों की प्यास का तो ध्यान धर
मेघ घिर अब रिमझिमाना चाहिये ।

पूर्णिमा आषाढ़ की उमसी हुई
कह रही मौसम सुहाना चाहिये ।

मेघ को आहूत करने को हमें
राग अब मल्हार गाना चाहिये ।

कर भला होगा भला, यह मंत्र तो
ज़िन्दगी भर दोहराना चाहिये ।

कितना शीरी ज़ुबान है साहब....

कितना शीरी ज़ुबान है साहब
वो शहद की दुकान है साहब ।

रह रहा है ज़मीन से जुड़कर
हैसियत आसमान है साहब ।

देखिये मत उधर वहां फिर फिर
वो हंसी बदगुमान है साहब ।

देखने में भले लगे कमसिन
अस्ल में सख़्त जान है साहब ।

तैरना जानता नहीं हूं मैं
जल में उसका मकान है साहब ।

अपने को चाहे मानो कंचन मृग-छौने

अपने को चाहे मानो कंचनमृग छौने
ज़ाहिर में तो हो तुम घटिया और घिनौने ।

अपने को दर्शाओ ताड़ पहाड़ भले तुम
लेकिन लगते हो अक्सर ओछे और बौने ।

असली चेहरों पर चस्पा नकली चेहरे
चाहा नोचे रोका रस्मों ओ कसमों ने ।

कंटक चुभा-चुभा के इतराइये नहीं यूं
भारी पड़ेंगे तुमको ये खेल ओ खिलौने ।

कूट खेल मत खैलों तुम पछताओगे ही
क्यूं के हम है वृन्दावन के श्याम सलोने ।

वक़्त पर पाबन्द आना चाहिये....

वक़्त पर पाबन्द आना चाहिये
गर न आ पाये बताना चाहिये ।

बीच अपने कुछ न कुछ है राब्ता
सच हमे अब मान जाना चाहिये ।

इक अकेले से न ये हो पायेगा
इश्क़ आपस में जताना चाहिये ।

दूर मत जा पास आ अब साथिया
आज दिल से दिल लगाना चाहिये ।

इश्क़ है तो ज़िन्दगी है सुन रखा
जो सुना वो आजमाना चाहिये ।

बात बिगड़ी हो बनाना चाहिये...

बात बिगड़ी हो बनाना चाहिये
इल्म अब ऐसा सयाना चाहिये ।

हर हसीं दिल में उतर बसना अगर
इक अदद दिल शायराना चाहिये ।

हाथ पर रख हाथ क्यूँ बैठे रहें
हर किसी के काम आना चाहिये ।

गाँव हो या हो शहर हर इक जगह
फूल खुशियों के खिलाना चाहिये ।

जब चमन में बेटियाँ महफूज हो
तब हमे उत्सव मनाना चाहिये ।

दुष्टता जो भी करें उस शख्स को
ख़ून के आँसू रुलाना चाहिये ।

वहशियाना काम करता आदमी
क्यूँ न सूली पर चढ़ाना चाहिये ।

www.ingramcontent.com/pod-product-compliance
Lightning Source LLC
Chambersburg PA
CBHW070041030726
47506CB00003B/825
9789389100228